おそ松さん

～番外編再び～

赤塚不二夫（『おそ松くん』）・原作
小倉帆真・著
おそ松さん製作委員会・監修

集英社みらい文庫

登《とう》場《じょう》松《まつ》紹《しょう》介《かい》

2 KARAMATSU
カラ松《まつ》
自《じ》分《ぶん》が大《だい》好《す》き！
だいぶイタい
次《じ》男《なん》。かっこつけ
てるけど、
ぜんぜん
モテない。

6 TODOMATSU
トド松《まつ》
甘《あま》え上《じょう》手《ず》で世《よ》渡《わた》り上《じょう》手《ず》！
女《じょ》子《し》力《りょく》高《たか》めな末《すえ》っ子《こ》。
ドライモンスター。

5 JYUSHIMATSU
十《じゅう》四《し》松《まつ》
異《い》常《じょう》に明《あか》るいバカ！ ボケが
大《おお》味《あじ》な五《ご》男《なん》。とにかく野《や》球《きゅう》。
なんかよくわからない。

1 OSOMATSU
おそ松《まつ》
楽《たの》しけりゃいい！ 精《せい》神《しん》が
子《こ》どものままな長《ちょう》男《なん》。計《けい》画《かく》性《せい》はない
けど、一《いち》応《おう》6つ子《ご》のリーダー。

4 ICHIMATSU
一《いち》松《まつ》
自《じ》分《ぶん》はゴミだけど
カラ松《まつ》よりは
まし！ マイペース
な四《よん》男《なん》。
ネコが
友《とも》だち。

3 CHOROMATSU
チョロ松《まつ》
唯《ゆい》一《いつ》のツッコミ役《やく》！
アイドルオタクな三《さん》男《なん》。
女《おんな》の子《こ》にはメチャ弱《よわ》い。

目次松《もくじまつ》

兄《あに》紹《しょう》介《かい》

やあ、みんなのアイドル♪　トド松《まつ》だよ。もうすっかりトッティって呼《よ》ばれるのにも慣《な》れてきちゃったね。

今日《きょう》は兄弟《きょうだい》で釣《つ》り堀《ぼり》に来《き》たんだ。誰《だれ》が一番《いちばん》大《おお》きな魚《さかな》を釣《つ》れるか競争《きょうそう》することになったんだけど、同《おな》じ顔《かお》なのに釣《つ》りのやり方《かた》ひとつ取《と》っても違《ちが》うんだよね。

まずは長男《ちょうなん》のおそ松兄《まつにい》さん。ねらうは大物《おおもの》……らしいんだけど、釣《つ》りあげるどころか魚《さかな》がかかる気配《けはい》がまったく無《な》いんだよなぁ。あ、ボクの視線《しせん》に気《き》づいたみたい。

「なんだよトド松《まつ》？　ジロジロこっち見《み》て。ははーん。さてはお兄《にい》ちゃんのしかけが気《き》になるんだろ？　だけどなトド松《まつ》、マネするのはやめた方《ほう》がいいぞ。なんてったって、この超《ちょう》ビッグな釣《つ》り針《ばり》は、お兄《にい》ちゃんにしか使《つか》いこなせないんだから！　ハハハッ」

「そんなに大《おお》きな釣《つ》り針《ばり》とエサで、なにを釣《つ》るつもりなの？　おそ松兄《まつにい》さん」

「決《き》まってんだろ！　本《ほん》マグロだよ！　昨日《きのう》テレビで観《み》たんだけどさ、マグロって市場《いちば》で売《う》ったら二百万円《にひゃくまんえん》以上《いじょう》にはなるんだってよ？　あー、もう夢《ゆめ》が広《ひろ》がりまくりだよぉ」

常識的《じょうしきてき》に考《かんが》えて、釣《つ》り堀《ぼり》にマグロはいないよね……うん、おそ松兄《まつにい》さんって頭《あたま》の中《なか》が小《しょう》学生《がくせい》のまま大《おお》きくなっちゃったんだ。ちょっとバ……少年《しょうねん》の心《こころ》をいつまでも忘《わす》れないんだ

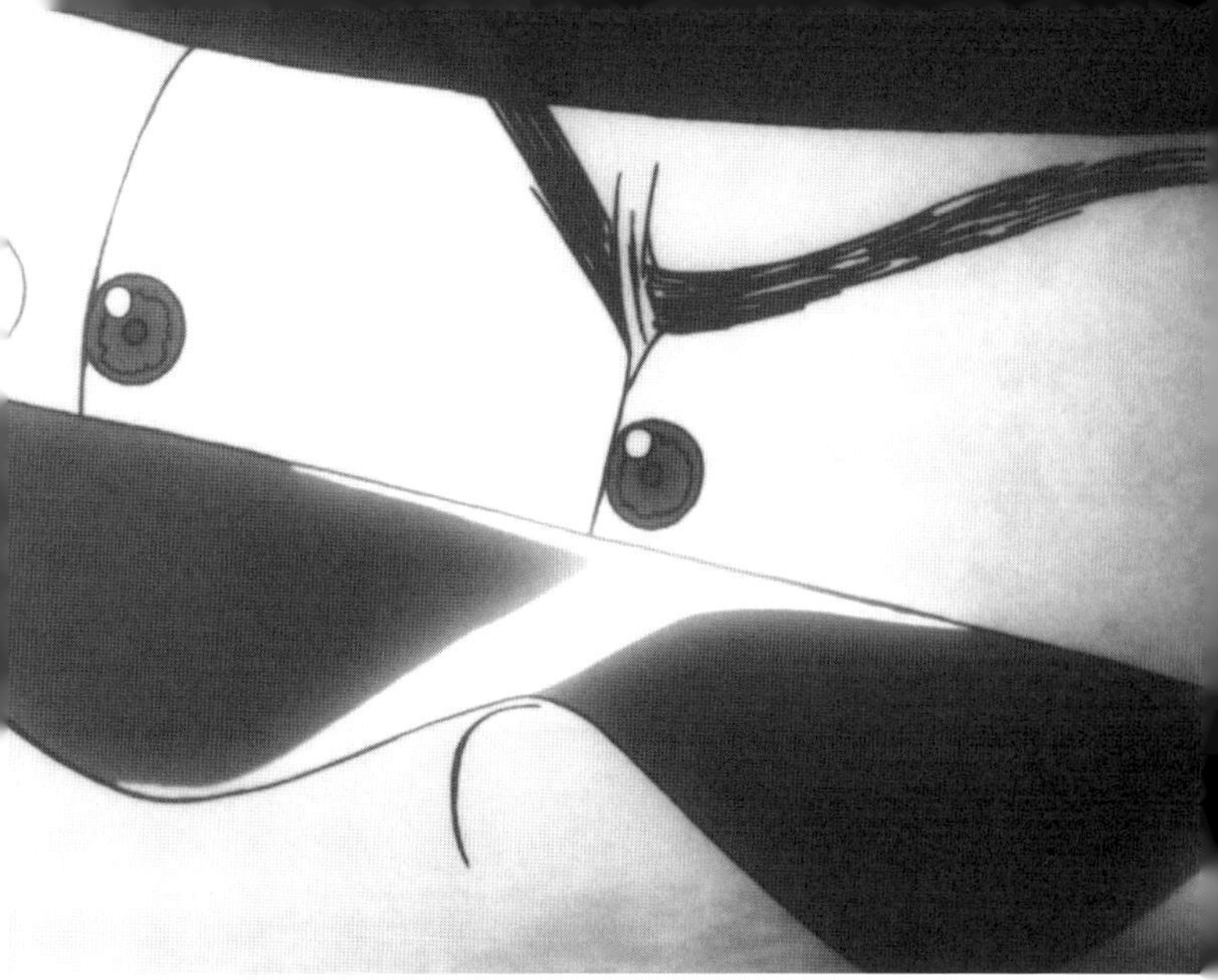

ね。

そのとなりで次男《じなん》のカラ松兄《まつにい》さんが、ビール瓶《びん》なんかを入《い》れる箱《はこ》をひっくり返《かえ》して座《すわ》りながら足《あし》をスッと組《く》みなおした。あいかわらずスパンコールでキラキラのズボンをはいて、カッコイイと思《おも》ってるところがイタいよね〜。

「フッ……釣《つ》れない」

サングラスをずらして水面《すいめん》に流《なが》し目《め》をしながら、カラ松兄《まつにい》さんはキメ顔《がお》だ。釣《つ》りエサの代《か》わりに釣《つ》り糸《いと》にくくりつけられたハンドミラーが、むなしく太陽《たいよう》の光《ひかり》を反射《はんしゃ》している。

「ねえカラ松兄《まつにい》さん。どうして鏡《かがみ》をエサ代《が》

わりにしてるの？」

「魚《さかな》っていうのはキラキラしたものに反応《はんのう》する。常《つね》に輝《かがや》きを発《はっ》しているオレが、あの鏡《かがみ》に映《うつ》りこんでいるんだ。フン！　……つまり、オレ自身《じしん》がエサってわけさ」

「えぇぇ……意味《いみ》がわからないよ。そういえば、針《はり》はどこにあるの？」

「針《はり》で引《ひ》っかけるなんて野蛮《やばん》なことはしたくない。愛《あい》で魚《さかな》のハートを射《い》とめるのさ」

話《はな》している内容《ないよう》もイタい。うん、こんなんじゃ釣《つ》れるわけがないね！

三男《なん》のチョロ松兄《まつにい》さんがため息《いき》を吐《つ》いた。兄弟《きょうだい》の中《なか》では常識的《じょうしきてき》なポジションだけど、女《おんな》の子《こ》が関係《かんけい》すると、とにかくポンコツになるんだ。

まあ、ボクら全員《ぜんいん》、多《おお》かれ少《すく》なかれそういうところはあるけど、チョロ松兄《まつにい》さんは普段《ふだん》がまじめなだけに落差《らくさ》がヒドイ。

「っていうか、こうして普《ふ》通《つう》に釣《つ》り針《ばり》にエサをつけておけば……ほら！　ちゃんと釣《つ》れるでしょ」

チョロ松兄《まつにい》さんは自慢《じまん》げに魚《さかな》を釣《つ》りあげた。釣《つ》れるだけマシだけど、金魚《きんぎょ》に毛《け》が生《は》えたくらいの小物《こもの》だ。今《いま》や小魚《こざかな》でバケツがいっぱいになっていた。

そのバケツの中《なか》の小魚《こざかな》が欲《ほ》しいのか、チョロ松兄《まつにい》さんのまわりには猫《ねこ》が集《あつ》まっていた。

四男《なん》、一松兄《いちまつにい》さんが半分閉《はんぶんと》じたような目《め》で、チョロ松兄《まつにい》さんをにらみつける。

「……今回《こんかい》は釣《つ》った数《かず》じゃなくて、誰《だれ》が一番大《いちばんおお》きな魚《さかな》を釣《つ》るかの勝負《しょうぶ》だろ？」

確認《かくにん》するように言《い》う一松兄《いちまつにい》さんだけど、まだ一匹《いっぴき》も釣《つ》れていなかった。今日《きょう》はいつにも増《ま》して不機嫌《ふきげん》だ。

卑屈《ひくつ》で皮肉屋《ひにくや》で人当《ひとあ》たりのキツイ毒舌《どくぜつ》なところもあるけど、猫《ねこ》が好《す》きで本当《ほんとう》はさびしがり屋《や》さんなんだよね。

たぶん勝負《しょうぶ》のことよりも、チョロ松兄《まつにい》さんが猫《ねこ》にかこまれているのが、ただただうらやましいからにらみつけたんだよね。がんばれ一松兄《いちまつにい》さん。

そして五男《なん》の十四松兄《じゅうしまつにい》さんはというと。

「どぅうううううううううううううううううううぇえええええええええええええええええ！」

釣《つ》り堀《ぼり》の中《なか》でバシャバシャと水《みず》しぶきを上《あ》げながら、車《くるま》のエンジンみたいな声《こえ》を上《あ》げてバタフライをしていた。ひとりだけ水泳大会《すいえいたいかい》だ。

「とったどー！」

ばっしゃーん！　と、水《みず》をはねさせて十四松兄《じゅうしまつにい》さんが巨大《きょだい》なコイを持《も》ちあげる。

おそ松兄《まつにい》さんが吠《ほ》えた。

「あ！　十四松《じゅうしまつ》ずるいぞ！　そいつもマグロのついでにねらってたのに！」

カラ松兄《まつにい》さんが口元《くちもと》をゆるませた。

「さすがだブラザー。溺《おぼ》れる恋《こい》を抱《だ》きあげるとはな……コイだけに」

となりでチョロ松兄《まつにい》さんが口《くち》を「へ」の字《じ》にさせてカラ松兄《まつにい》さんにツッコミを入《い》れる。

「なに言《い》ってんの？」

チョロ松兄《まつにい》さんの視線《しせん》がカラ松兄《まつにい》さんに

向《む》いたすきに、一《いち》松兄《まつにい》さんがチョロ松兄《まつにい》さんの釣《つ》った魚《さかな》を猫《ねこ》に配《くば》りだす。

「…………ふふ」

なんだかとっても幸《しあわ》せそうだ。良《よ》かったね一《いち》松兄《まつにい》さん。

十四《じゅうし》松兄《まつにい》さんが堀《ほり》から上《あ》がると、コイをかかえてボクの方《ほう》にやってきた。

「トッティはなんか釣《つ》れた？」

「今日《きょう》もぜんぜんだけど、みんなとこうして釣《つ》りができるだけで楽《たの》しいよ。そうだ！　写《しゃ》真撮《しんと》るね」

スマホのカメラを向《む》けると、十四《じゅうし》松兄《まつにい》さんはコイをかかげてポーズを取《と》った。

「いえーいー！　あははは！」

パシャリと一枚撮《まいと》る。ボクしかスマホを持《も》ってないから、カメラ係《がかり》になりがちなんだよね。十四《じゅうし》松兄《まつにい》さんが笑顔《えがお》でボクに聞《き》く。

「トッティも魚《さかな》と写真撮《しゃしんと》る？」

「うーん、別《べつ》にいいかな。最近《さいきん》ネイルのケアをはじめたから、あんまり魚《さかな》とかさわりたくないんだ。ほら、手《て》も荒《あ》れるし」

つやつやの指先《ゆびさき》をみんなに見《み》せたとたん――

「「「「女子《じょし》かよ！」」」」

女《おんな》の子《こ》と仲良《なかよ》くなるには、女《おんな》の子《こ》の気持《きも》ちを理解《りかい》しなくっちゃね？

ああ、やっぱりボクって王子様《おうじさま》かも。

十《じゅう》四《し》松《まつ》を尾《び》行《こう》してみた

とある土曜日《どようび》のお昼過《ひるす》ぎ――

6つ子《むご》の部屋《へや》に今日《きょう》はめずらしく、一松《いちまつ》と十四松《じゅうしまつ》とトド松《まつ》の三人《にん》だけだった。上《うえ》の兄《あに》たちはそれぞれどこかに遊《あそ》びに行《い》ってしまい、取《と》りのこされたような格好《かっこう》だ。

そんな中《なか》、野球《やきゅう》のユニフォームに着替《きが》えた十四松《じゅうしまつ》が、部屋《へや》の中心《ちゅうしん》でバンザイしながら屈伸運動《くっしんうんどう》をした。

「行《い》ってきマッスルマッスル！　ハッスルハッスル！」

どうやら十四松《じゅうしまつ》も遊《あそ》びに――ではなく自主《じしゅ》トレに行《い》くみたいだ。

あぐらをかいたまま、猫《ねこ》じゃらしのオモチャを手《て》にして一松《いちまつ》が聞《き》いた。

「……練習《れんしゅう》なら付《つ》き合《あ》おうか？」

「えっとー今日《きょう》はいいや！」

「……あっそ。行《い》ってらっしゃい」

一松《いちまつ》は猫《ねこ》じゃらしのオモチャを左右《さゆう》にゆらした。

トド松《まつ》も小《ちい》さく手《て》をふる。

「行《い》ってらっしゃい十四松兄《じゅうしまつにい》さん。車《くるま》に気《き》をつけてね」

「うん！　気《き》をつけるね！」

素直《すなお》にうなずく十四松《じゅうしまつ》に、一松《いちまつ》がフフッと笑《わら》った。

「……まあ、車《くるま》にひかれたくらいでどうにかなるとは思《おも》わないけど」

トド松《まつ》がため息《いき》混《ま》じりに返《かえ》す。

「さすがに十四松兄《じゅうしまつにい》さんでも、自動車相手《じどうしゃあいて》じゃ……」

と言《い》ったものの、つっこんできた車《くるま》をつかんで放《ほう》りなげるくらい、やっちゃうかもしれない。

そう、トド松《まつ》は思《おも》った。そのくらい兄弟《きょうだい》の中《なか》でも十四松《じゅうしまつ》は「別格《べっかく》」だ。

十四松《じゅうしまつ》が不思議《ふしぎ》そうにトド松《まつ》の顔《かお》をのぞ

きこんだ。

「どーしたのトッティ？」

「え、えっと。なんでもないよ、十四松兄《じゅうしまつにい》さん」

「変《へん》なトッティ！　あははは〜それじゃーねー！」

バットを肩《かた》にかついで十四松《じゅうしまつ》は玄関《げんかん》に下《お》りていった。

一松《いちまつ》がトド松《まつ》に真顔《まがお》で向《む》きなおる。

「……なあトド松《まつ》」

「なに？　一松兄《いちまつにい》さん」

「……十四松《じゅうしまつ》って、普段《ふだん》ひとりの時《とき》はなにしてるんだろうな？」

「うーん。やっぱり野球《やきゅう》の練習《れんしゅう》かな。素振《すぶ》りとか？」

「……まあ、そんなところだよな」

「そういえば一松兄《いちまつにい》さんって、十四松兄《じゅうしまつにい》さんの野球《やきゅう》の練習《れんしゅう》に付《つ》き合《あ》ったりしてるよね？

この前《まえ》もバットに体《からだ》をロープでくくりつけられてふりまわされてたし」

「……あ、ああ。まあね」

正直《しょうじき》なところ、一松《いちまつ》にはあれを練習《れんしゅう》と言《い》っていいのかわからなかったが、めんどくさいから、さらりと流《なが》す。

トド松《まつ》が首《くび》をかしげた。

「今日《きょう》は十四松兄《じゅうしまつにい》さん、ひとりで出《で》かけちゃったね」

「……そういう気分《きぶん》の時《とき》もあるんだろ」

「もしかして誘《さそ》われなかったからさびしいの？」

「……別《べつ》に」

「一松兄《いちまつにい》さんだって気《き》になるからボクに聞《き》いたんでしょ？　十四松兄《じゅうしまつにい》さんのプライベート」

「……」

黙《だま》りこむ一松《いちまつ》にトド松《まつ》は手《て》を差《さ》しのべた。

「こっそりついていってみようよ？　きっと良《い》いひまつぶしに……じゃない、普段《ふだん》は見《み》られない一面《いちめん》にふれて兄弟《きょうだい》の絆《きずな》が深《ふか》まると思《おも》うんだよねー」

「……お、お前《まえ》ひとりで行《い》けよ」

「そう言《い》わずに」

「……だ、だいたい尾行《びこう》なんて……バレるだろ……ハァ」

一松《いちまつ》はため息《いき》を吐《つ》いた。トド松《まつ》は、そんな一松《いちまつ》の顔《かお》をじーっとのぞきこんでくる。キラキラとしたピュアな瞳《ひとみ》だった。根負《こんま》けしたように一松《いちまつ》がつぶやく。

「……ったく。最近《さいきん》お前《まえ》、ちょっとおそ松兄《まつにい》さんみたいになってないか？」

「えー？　そんなことないよー」

「……つーかさ、そこまで好奇心旺盛《こうきしんおうせい》じゃなかったろ」

「そっかな？　ボクのことよりほら早《はや》く早《はや》く！」

「…………」

「このままだと十四松兄《じゅうしまつにい》さんを見失《みうしな》っちゃうよ？」

「……ったく、しょうがない。特《とく》にやることも無《な》いし……」

トド松《まつ》に押《お》しきられる格好《かっこう》で、一松《いちまつ》は気《け》だるそうに立《た》ちあがった。

家《いえ》から出《で》ると、通《とお》りの向《む》こうに十四松《じゅうしまつ》の背中《せなか》が豆粒《まめつぶ》ほどの大《おお》きさで見《み》えた。

トド松《まつ》と一松《いちまつ》は十四松《じゅうしまつ》の背中《せなか》が見《み》えなくなる前《まえ》に追《お》いかける。少《すこ》しだけかけ足《あし》だ。十四《じゅうし》松《まつ》はマイペースで歩《ある》いているので、すぐに追《お》いかける背中《せなか》が大《おお》きくなった。

近《ちか》づきすぎないよう距離《きょり》を保《たも》ちつつ、電柱《でんちゅう》の陰《かげ》から陰《かげ》を忍者《にんじゃ》のように伝《つた》って進《すす》む。

トド松《まつ》がつぶやいた。

「このルートだと、たぶん十四松兄《じゅうしまつにい》さんの目的地《もくてきち》は川原《かわら》だね」

「……まあ、ここいらで野球《やきゅう》っていったらそうなるわな」

川原《かわら》は子供《こども》たちが野球《やきゅう》の練習《れんしゅう》をしたり、親子《おやこ》連《づ》れがキャッチボールをしていたり、大学《だいがく》のサークルがバーベキューなんかを楽《たの》しんでいる、ご町内《ちょうない》のいこいの場《ば》だ。

一松《いちまつ》が遠目《とおめ》に十四松《じゅうしまつ》の背中《せなか》をじっと見《み》つめた。

「……つーか、おれたちの尾行《びこう》にぜんぜん気《き》づかないな、十四松《じゅうしまつ》のやつ」

トド松《まつ》がうなずいた。

「そうだね。なにか野生《やせい》のカンみたいなもので察知《さっち》されるかと思《おも》ったけど、そんな気配《けはい》も無《な》いし。十四松兄《じゅうしまつにい》さんってひとりの時《とき》は、案外普通《あんがいふつう》なのかも」

「……だな」

そうこうしているうちに、十四松《じゅうしまつ》は住宅地《じゅうたくち》を抜《ぬ》けて近所《きんじょ》の川原《かわら》にたどり着《つ》いた。

一松《いちまつ》とトド松《まつ》も少《すこ》し遅《おく》れて川原《かわら》に到着《とうちゃく》する。

川原《かわら》の広場《ひろば》に小学生《しょうがくせい》が集《あつ》まって野球《やきゅう》の練習中《れんしゅうちゅう》だ。

土手《どて》の上《うえ》から一松《いちまつ》が指《ゆび》さした。

「……なあトッティ。十四松《じゅうしまつ》のやつ……人気者《にんきもの》みたいだな」

ユニフォーム姿《すがた》の十四松《じゅうしまつ》はすぐに野球少年《やきゅうしょうねん》たちにかこまれた。

「わー！　野球《やきゅう》のお兄《にい》ちゃんだ！」

「ねえねえ！　今日《きょう》はなにを教《おし》えてくれるの？」

「ボクこの前《まえ》の試合《しあい》で、お兄《にい》ちゃんのアドバイス通《どお》りにしたらホームランが打《う》てたんだよ！」

男《おとこ》の子《こ》たちは十四松《じゅうしまつ》の登場《とうじょう》にわいている。十四松《じゅうしまつ》はといえば――

「ホームランが打《う》ててよかったね！　今日《きょう》はバントのやり方《かた》を教《おし》えてあげるよ」

「わーい！　送《おく》りバントだ！」

「すごいすごーい！」

「うまくできるかなぁ」

男《おとこ》の子《こ》たちの輪《わ》に加《くわ》わって十四松《じゅうしまつ》の指導《しどう》がはじまった。

それを土手《どて》の上《うえ》から見守《みまも》りながらトド松《まつ》がつぶやく。

「すっっっっっごく普通《ふつう》だね、一松兄《いちまつにい》さん。なんだかまともすぎて逆《ぎゃく》に怖《こわ》いくらい」

「……ああ。恐怖《きょうふ》をおぼえる」

それから三十分《ぷん》ほど、十四松《じゅうしまつ》の野球教室《やきゅうきょうしつ》が行《おこな》われた。声《こえ》が大《おお》きいこともあってか、内容《ないよう》は土手《どて》の上《うえ》にいる一松《いちまつ》とトド松《まつ》にも筒《つつ》抜《ぬ》けだ。

「いいかいみんな！ 一塁手《るいしゅ》が深《ふか》く守《まも》っている時《とき》に押《お》しこむようにやるのが、〝プッシュバント〟だよ。バントをフェイントにして打《う》ちに行《い》くのが〝バスター〟！　バントっていうとアウトの代《か》わりに走者《そうしゃ》を進《すす》める堅《けん》実《じつ》なプレイに見《み》えるけど、攻《せ》めのバントプレイもあるんだ。それに三塁《るい》にランナーがいる時《とき》にバッターとランナーが協力《きょうりょく》して、バントでホームをねらうのが〝スクイズ〟だよ！〝スクイズ〟は超重要《ちょうじゅうよう》だから覚《おぼ》えておいてね！」

男《おとこ》の子《こ》たちは「そっかー！」「なるほどなー」と、十四松《じゅうしまつ》の指導《しどう》に聞《き》きいっている。

トド松《まつ》が首《くび》をかしげた。

「十四松兄《じゅうしまつにい》さんって野球《やきゅう》のルール知《し》ってるんだね。**『〝スクイズ〟は超重要《ちょうじゅうよう》だから覚《おぼ》えておいてね』**だってさ」

一松《いちまつ》がぼやき気味《ぎみ》に返《かえ》す。

「……そりゃあ、好《す》きなんだから知《し》ってるだろ。ぜんぶ知《し》ってるとは限《かぎ》らないけど……」

ルールの一部分《いちぶぶん》だけを覚《おぼ》えていて、他《ほか》の所《ところ》が適当《てきとう》なんてこともあるかもしれない。

「けどさ一松兄《いちまつにい》さん。なんだかんだで十四松兄《じゅうしまつにい》さんがちゃんと野球《やきゅう》を教《おし》えてるのって不気《ぶき》味《み》じゃない？　あの十四松兄《じゅうしまつにい》さんがだよ？　普通《ふつう》すぎてまるで別人《べつじん》みたいだし」

「……ま、まぁな。けどほら……おれたちって案外《あんがい》、お互《たが》いのことも知《し》らないし。こういう一面《いちめん》があってもおかしくはないだろ。そういう意味《いみ》じゃ、知《し》らない一面《いちめん》を知《し》ることで絆《きずな》が深《ふか》まった……って言《い》い方《かた》はアレだけど、今日《きょう》の目的《もくてき》は達《たっ》したんじゃないか？」

川原《かわら》の広場《ひろば》で子供《こども》たちが十四松《じゅうしまつ》に帽子《ぼうし》を脱《ぬ》いで一礼《いちれい》をしていた。どうやら本日《ほんじつ》の十四松《じゅうしまつ》野球教室《やきゅうきょうしつ》は終《お》わりらしい。

一松《いちまつ》がトド松《まつ》をひじでこづいた。

「……なあトッティ。十四松《じゅうしまつ》が移動《いどう》するぞ」

「どうしよっか？」

「……めんどくさいし……お、お前《まえ》が飽《あ》きたっていうなら帰《かえ》ってもいいけど」

「素直《すなお》じゃないね、一松兄《いちまつにい》さん。せめて十四松兄《じゅうしまつにい》さんに気《き》づかれるまでは追《お》いかけてみようよ？　天気《てんき》もいいんだし」

「……もういいだろ」

「とか言《い》って実《じつ》は気《き》になるんでしょ？」

「……別《べつ》に興味《きょうみ》無《な》いけど」

「ほんとに〜？」

「……お、お前《まえ》に付《つ》き合《あ》ってやるだけだからな」

十四松《じゅうしまつ》は商店街方面《しょうてんがいほうめん》に向《む》かって歩《ある》きだす。二人《ふたり》はそれをこっそり追《お》いかけた。

大通《おおどお》りはにぎわっていて、商店街《しょうてんがい》で買《か》い物《もの》をするお客《きゃく》さんでごったがえしていた。

車《くるま》の往来《おうらい》もひっきりなしだ。ポストの陰《かげ》に隠《かく》れて行《い》きかう自動車《じどうしゃ》を見《み》ながら、トド松《まつ》がつぶやく。

「まさか十四松兄《じゅうしまつにい》さん、いきなり車《くるま》の群《む》れにつっこんでいったりしないよね」

一松《いちまつ》がため息混《いきま》じりに返《かえ》した。

「……お前《まえ》は十四松《じゅうしまつ》をなんだと思《おも》ってるんだ。いくらあいつでも……ほら見《み》ろ。ちゃんと横断歩道《おうだんほどう》で信号待《しんごうま》ちをしてるだろ」

十四松《じゅうしまつ》が歩行者信号《ほこうしゃしんごう》のボタンを連打《れんだ》していた。赤《あか》いボタンを何度《なんど》も押《お》しながら十四松《じゅうしまつ》が声《こえ》を上《あ》げる。

「うおりゃあああああああどっこいしょー！」

トド松《まつ》が眉《まゆ》を八の字《じ》にさせた。

「連打《れんだ》しても信号《しんごう》は早《はや》く変《か》わったりしないのに」

一松《いちまつ》がニヤリと口元《くちもと》をゆるませる。

「……まあ、あいつらしいな」

これくらいが〝ほど良《よ》い〟変人《へんじん》っぷりだ。誰《だれ》に迷惑《めいわく》をかけるでもなく、それでいて十四松《じゅうしまつ》らしいちょうどのライン、と一松《いちまつ》は思《おも》った。

が、となりでトド松《まつ》が声《こえ》を上《あ》げ指《ゆび》さす。

「ねえ一松兄《いちまつにい》さん！　あれ見《み》てよ！」

信号《しんごう》が青《あお》になったとたん、十四松《じゅうしまつ》は横断歩道《おうだんほどう》をはねるように走《はし》る。一松《いちまつ》も気《き》がついた。

「……あいつ横断歩道《おうだんほどう》の白《しろ》いところしか踏《ふ》んでないぞ」

トド松《まつ》が首《くび》を左右《さゆう》にふる。

「いや、そんな細《こま》かいところ見《み》てほしいとか思《おも》ってないから！　っていうか、白《しろ》いところ以外《いがい》を踏《ふ》んだらアウトとか小学生《しょうがくせい》なの!?　そうじゃなくて横断歩道《おうだんほどう》の向《む》こう側《がわ》だよ！」

一松《いちまつ》が視線《しせん》を上《あ》げると、そこにはおばあさんが重《おも》たそうな荷物《にもつ》を背負《せお》って立《た》ち往生《おうじょう》していた。足腰《あしこし》プルプルで立《た》っているだけでも大変《たいへん》そうだ。

そんなおばあさんの前《まえ》にスライディングですべりこむと、十四松《じゅうしまつ》が声《こえ》を張《は》る。

「大丈夫《だいじょうぶ》おばあさん？　ここをわたりたいんでしょ？　荷物《にもつ》ならぼくに任《まか》せてよ！」

「え、えええ、でもぉ」

おばあさんは困惑《こんわく》していたが、十四松《じゅうしまつ》は返答《へんとう》も確認《かくにん》しないで荷物《にもつ》をかついだ。おばあさんの手《て》を取《と》って横断歩道《おうだんほどう》をいっしょにわたりながら、声高《こえたか》らかに十四松《じゅうしまつ》は言《い》う。

「お年《とし》よりがわたりマッスルマッスル！　ご注意《ちゅうい》くだサイクルヒット！　アハハ！」

まぶしいほどの親切《しんせつ》さを見《み》せつけられて、一松《いちまつ》が目《め》を細《ほそ》めながらぼそりとつぶやいた。

「……まさかあいつ、あのおばあさんをわたらせるためにわざわざ行《い》ったのか？」

トド松《まつ》もうなずいた。

「うん。だとすると変人《へんじん》だけどいい人《ひと》だね」

「……」

二人《ふたり》がポストの陰《かげ》に隠《かく》れているのも気《き》づかず、十四松《じゅうしまつ》はおばあさんといっしょに横断歩《おうだんほ》道《どう》をわたりきる。そのまま荷物運《にもつはこ》びがてら、十四松《じゅうしまつ》はおばあさんを家《いえ》まで送《おく》っていった。

適度《てきど》に距離《きょり》を保《たも》ちながらその一部始終《いちぶしじゅう》を見守《みまも》ると、トド松《まつ》が頭《あたま》をかかえる。

「なんだかボク、いけないことをしてる気《き》がしてきたよ」

「……尾行《びこう》するって言《い》いだしたのはトッティだろ」

「そうだけどさぁ。まさかここまでまともだなんて思《おも》わなかったし」

「……昼間《ひるま》っから人助《ひとだす》けのために街《まち》を徘徊《はいかい》している成人男性《せいじんだんせい》は『まとも』じゃないけどな」

おばあさんの家《いえ》でお茶《ちゃ》をごちそうになった十四松《じゅうしまつ》が「ごちそうさまでしたー！」と玄関《げんかん》で一礼《いちれい》した。

トド松《まつ》が「そろそろ家《いえ》に帰《かえ》るのかな？」と、十四松《じゅうしまつ》を見《み》つめる。

一松《いちまつ》が小《ちい》さく首《くび》を左右《さゆう》にふった。

「……まだみたいだぞ」

「え？」

「……どうする？　ここでやめるか？」

「うっ……やめたらやめたでなんだか負《ま》けたような気《き》がするし。続行《ぞっこう》しよう、一松兄《いちまつにい》さん！」

こうなったら最後《さいご》まで見《み》とどけようと、一松《いちまつ》とトド松《まつ》は歩《ある》きだした十四松《じゅうしまつ》の後《あと》を追《お》った。

まるで『不思議《ふしぎ》の国《くに》のアリス』に出《で》てくるウサギにみちびかれるように、一松《いちまつ》とトド松《まつ》は十四松《じゅうしまつ》の背中《せなか》を追《お》いかけつづける。

気《き》づけば二人《ふたり》は、大学《だいがく》の講義室《こうぎしつ》に迷《まよ》いこんでいた。

講義室《こうぎしつ》は学生《がくせい》でいっぱいだ。

それにまぎれこんで、一番後《いちばんうし》ろの目立《めだ》たない席《せき》でトド松《まつ》がつぶやく。

「ね、ねぇ一松兄《いちまつにい》さん。ここって……けっこう有名《ゆうめい》な大学《だいがく》だよね」

みんなまじめそうでチャラい空気《くうき》はない。教授《きょうじゅ》らしきおじさんが壇上《だんじょう》に上《あ》がった。

「えー。本日《ほんじつ》の特別講義《とくべつこうぎ》ではアカツッカの定理《ていり》について取《と》りあげたいと思《おも》います。では前列《ぜんれつ》の君《きみ》。名前《なまえ》は？」

「はい！　十四松《じゅうしまつ》です！」

野球《やきゅう》のユニフォーム姿《すがた》の十四松《じゅうしまつ》が、教授《きょうじゅ》に指名《しめい》されて手《て》を挙《あ》げながら立《た》ちあがった。

(──十四松《じゅうしまつ》なにやってんのーッ!?)

一松《いちまつ》とトド松《まつ》が心《こころ》の中《なか》で同時《どうじ》にツッコミを入《い》れる。

「まずはこの数式《すうしき》について、アカツッカの定理《ていり》を当《あ》てはめて解答《かいとう》してみせなさい」

「はい！　わかりましたー！」

十四松《じゅうしまつ》は前《まえ》に出《で》て、黒板《こくばん》にスラスラと数《すう》式《しき》を書《か》きはじめた。

難解《なんかい》な記号《きごう》だらけの数式《すうしき》にトド松《まつ》が頭《あたま》をかかえる。

「うわぁ……十四松兄《じゅうしまつにい》さんって怖《こわ》いもの知《し》らずすぎるよ。絶対適当《ぜったいてきとう》でしょ？」

一松《いちまつ》が青《あお》ざめた。

「……いや待《ま》てトド松《まつ》。なんか……合《あ》ってるみたいだぞ」

十四松《じゅうしまつ》が数式《すうしき》を書《か》きおえると、教授《きょうじゅ》は「正解《せいかい》だ。実《じつ》に美《うつく》しい数式《すうしき》だったね」と満《まん》足《ぞく》そうに笑《わら》ってみせた。

トド松《まつ》が思《おも》わず声《こえ》を上《あ》げる。

「いやウソでしょ!」

静《しず》かな講義室《こうぎしつ》に声《こえ》がひびいた。瞬間《しゅんかん》、一松《いちまつ》がトド松《まつ》の頭《あたま》を机《つくえ》につっぷさせる。

「……声《こえ》がデカイぞトド松《まつ》。十四松《じゅうしまつ》に気《き》づかれる。いや、その気持《きも》ちはわかるけど……」

少《すこ》しだけ学生《がくせい》たちがざわついたが、すぐに講義《こうぎ》は再開《さいかい》された。

十四松《じゅうしまつ》も二人《ふたり》に気《き》づいた様子《ようす》はなく、自分《じぶん》の席《せき》にもどってちょこんと座《すわ》る。

それから二時間《じかん》ほど、一松《いちまつ》とトド松《まつ》はさっぱり意味《いみ》のわからない数学《すうがく》の話《はなし》を聞《き》かされつづけた。ときおり、十四松《じゅうしまつ》が教授《きょうじゅ》の質問《しつもん》にハキハキ答《こた》えるたびに、言葉《ことば》にできない恐怖《きょうふ》を二人《ふたり》は感《かん》じるのだった。


大学《だいがく》の特別講義《とくべつこうぎ》を終《お》えると十四松《じゅうしまつ》は再《ふたた》び街《まち》を歩《ある》きだした。尾行《びこう》する一松《いちまつ》とトド松《まつ》は、すっかり気力《きりょく》を奪《うば》われてへろへろだ。

一松《いちまつ》が死《し》にそうな顔《かお》でつぶやく。

「……疲《つか》れた」

話《はなし》を聞《き》いただけなのに、一松《いちまつ》はぐったりしてしまった。

トド松《まつ》もフラフラだ。

「それよりも十四松兄《じゅうしまつにい》さんが、大学《だいがく》の講義《こうぎ》を理解《りかい》してたことが怖《こわ》いよ」

「……あいつ天才《てんさい》だったのか？」

「だったとしてもぜんぜん才能《さいのう》を活《い》かせてないよね」

十四松《じゅうしまつ》は繁華街方面《はんかがいほうめん》に向《む》かっていった。昼間《ひるま》でも薄暗《うすぐら》いビルの谷間《たにま》に十四松《じゅうしまつ》はするりと入《はい》りこむ。

「……急《いそ》がないと見失《みうしな》うぞ」

「これ以上深入《いじょうふかい》りしたらヤバイかもしれないよ、一松兄《いちまつにい》さん？」

「……だからって、ここで帰《かえ》ったら結局《けっきょく》、今晩気《こんばんき》になって眠《ねむ》れなくなるだろ」

ビルの谷間《たにま》を抜《ぬ》けだすと、十四松《じゅうしまつ》はその先《さき》にあった材木店《ざいもくてん》に入《はい》っていった。

「お疲《つか》れ様《さま》です！」

「お！　今日《きょう》もアレかい？」

店主《てんしゅ》につれられて材木店《ざいもくてん》の裏庭《うらにわ》に十四松《じゅうしまつ》は通《とお》された。一松《いちまつ》とトド松《まつ》も裏庭側《うらにわがわ》に回《まわ》りこむ。

が、裏庭《うらにわ》をかこうようにブロック塀《べい》があった。壁《かべ》に手《て》をついて一松《いちまつ》がつぶやく。

「……チッ。これじゃあ十四松《じゅうしまつ》のやつが中《なか》でなにしてるかわからないな」

「ね、ねえ一松兄《いちまつにい》さん。そろそろ帰《かえ》らない？　ほら、さすがに壁《かべ》の向《む》こうじゃ、どうしようもないよ」

「……び、ビビッてんじゃねぇぞトド松《まつ》。もはやおれたちにはこの結末《けつまつ》を見《み》とどける義務《ぎむ》がある。ほら、肩車《かたぐるま》してやるからお前《まえ》が確認《かくにん》しろ」

「ええぇ……結局一松兄《けっきょくいちまつにい》さんビビッてるじゃん」

「……う、うるさい。さっさとやれ」

一松《いちまつ》に言《い》われるままトド松《まつ》は肩車《かたぐるま》をされて、塀《へい》の向《む》こうの裏庭《うらにわ》をこっそりのぞきみた。

木片《もくへん》やおがくずのふわっとした香《かお》りに、トド松《まつ》の鼻《はな》がひくひく反応《はんのう》する。

材木《ざいもく》の積《つ》まれた裏庭《うらにわ》で、一メートルほどの高《たか》さの廃材《はいざい》と向《む》きあう十四松《じゅうしまつ》の姿《すがた》があった。

トド松《まつ》の下《した》から一松《いちまつ》の確認《かくにん》する声《こえ》が聞《き》こえる。

「……どうだトド松《まつ》？　十四松《じゅうしまつ》のやつ、なにしてるか見《み》えるか？」

「えっと……大《おお》きな廃材《はいざい》と向《む》きあって……手《て》にはノミとハンマーを持《も》ってるんだけど」

「……ノミって……木《き》でもけずるのか？」

トド松《まつ》が恐《おそ》る恐《おそ》る見守《みまも》っていると、突然《とつぜん》、十四松《じゅうしまつ》は声《こえ》を上《あ》げた。

「あはははは！　そっかー。きみはそういう形《かたち》なんだね。今《いま》すぐもとの姿《すがた》にもどしてあげるよ。どっせえええええええい！」

猛烈《もうれつ》な勢《いきお》いで十四松《じゅうしまつ》は廃材《はいざい》にノミをつきたてると、激《はげ》しくけずりだした。木《き》くずを散《ち》らす勢《いきお》いは、まるでチェーンソーでも使《つか》っているみたいだ。

トド松《まつ》が見《み》ている前《まえ》で、みるみるうちに四角《しかく》いだけの木材《もくざい》からシルエットがけずりだされる。

その姿《すがた》は神々《こうごう》しかった。台座《だいざ》に腰掛《こしか》けて左足《ひだりあし》を下《さ》げ、右足《みぎあし》を左《ひだり》のふとももの上《うえ》に乗《の》せて足《あし》を組《く》み、右手《みぎて》の指先《ゆびさき》を軽《かる》く顎《あご》から頬《ほお》のあたりに触《ふ》れて考《かんが》え事《ごと》をしている人《ひと》のようだ。

トド松《まつ》が声《こえ》にならない悲鳴《ひめい》を上《あ》げた。

（――あ、あれは……弥勒菩薩半跏思惟像《みろくぼさつはんかしゆいぞう》!?）

仏像《ぶつぞう》好《ず》きな女子《じょし》にモテたいと、少《すこ》しだけかじった知識《ちしき》が役《やく》に立《た》った。

（——って、なんで十四松兄《じゅうしまつにい》さんが国宝《こくほう》にもなっているような木像《もくぞう》をほれるの!? 十四松兄《じゅうしまつにい》さんってなんなの!?）

あっという間《ま》に十四松《じゅうしまつ》がほりあげた仏像《ぶつぞう》は、穏《おだ》やかな笑《え》みをたたえていた。

トド松《まつ》の下《した》で一松《いちまつ》が聞《き》く。

「……十四松《じゅうしまつ》はいったい、なにをしてたんだ？」

「仏像《ぶつぞう》ほってた。しかもプロ並《な》みの腕前《うでまえ》で」

ほりあげるスピードに至《いた》っては機械《きかい》のようだ。

「……ああ……そうか……そうだな帰《かえ》ろう。すぐ帰《かえ》ろう、今《いま》すぐにだ」

二人《ふたり》は恐《おそ》ろしくなって、逃《に》げるように材木店裏《ざいもくてんうら》からかけだした。

塀《へい》の向《む》こうから**「ええ！ きみももとの姿《すがた》にもどりたいのかい？ しょうがないなぁ！」**と、十四松《じゅうしまつ》と廃材《はいざい》の対話《たいわ》の声《こえ》がひびくのだった。

松野家《まつのけ》の自室《じしつ》に一松《いちまつ》とトド松《まつ》が逃《に》げかえると、おそ松《まつ》がソファーにひとりごろんと寝転《ねころ》がっていた。

「お！　二人《ふたり》で出《で》かけるなんてめずらしいじゃん。つーか、そろって青《あお》い顔《かお》してどうしたんだ一松《いちまつ》？　トド松《まつ》？」

にへらーっと笑《わら》うおそ松《まつ》に、トド松《まつ》は今日見《きょうみ》たすべてを報告《ほうこく》した。

「十四松兄《じゅうしまつにい》さんが野球《やきゅう》のコーチでお年《とし》よりに親切《しんせつ》で大学《だいがく》の講義《こうぎ》を受《う》けて仏像《ぶつぞう》をほってたんだよ！」

おそ松《まつ》が首《くび》をかしげてトド松《まつ》に返《かえ》す。

「え？　なに言《い》ってんのトッティ？　意味《いみ》わかんないんだけど」

一松《いちまつ》がブルッと身《み》ぶるいする。

「……いや変人《へんじん》というか……天才《てんさい》かもしれないんだ。大学《だいがく》で数学《すうがく》の難問《なんもん》をスラスラ解《と》いてたし」

おそ松《まつ》は信《しん》じていないのか「別《べつ》に数学《すうがく》ができたからって、俺《おれ》たちニートのなにが変《か》わるってわけでもないだろ？　できてもできなくてもいっしょなんだから。気《き》にするようなことじゃないでしょ」と、軽《かる》く受《う》けながした。

トド松《まつ》が食《く》いさがる。

「本当《ほんとう》なんだよ、おそ松兄《まつにい》さん！　十四松兄《じゅうしまつにい》さんは実《じつ》は本物《ほんもの》の天才《てんさい》かも……」
しれない。と、トド松《まつ》が言《い》いおえる前《まえ》に、玄関《げんかん》からひときわ元気《げんき》な声《こえ》がした。

「たっだいマッスルマッスル！　ハッスルハッスル！」

十四松《じゅうしまつ》が二階《かい》の6つ子《ご》の部屋《へや》にかけあがってくる。野球《やきゅう》のユニフォームにバットを手《て》にした、いつもの自主《じしゅ》トレスタイルだ。

おそ松《まつ》が十四松《じゅうしまつ》の顔《かお》を確認《かくにん》してから声《こえ》を掛《か》けた。

「おかえり十四松《じゅうしまつ》。なんだよ一松《いちまつ》もトド松《まつ》も……いつもの十四松《じゅうしまつ》じゃんか？」

十四松《じゅうしまつ》は首《くび》をかしげた。

「あれぇ？　どーしたのトッティ？」

「ど、どうしたもこうしたもないっていうか……」

言葉《ことば》につまるトド松《まつ》の代《か》わりに一松《いちまつ》が十四松《じゅうしまつ》に聞《き》く。

「……なあ十四松《じゅうしまつ》。今日《きょう》は一日《いちにち》、どこでなにをしてたのか正直《しょうじき》に答《こた》えてくれないか？」

「えー！　どうしてー？」

「……どうしてって……と、ともかく、どこにいたんだ？」

不思議《ふしぎ》そうに首《くび》をかしげたままの十四松《じゅうしまつ》に、一松《いちまつ》とトド松《まつ》が息《いき》をのむ。

すると――

「フッ……帰《かえ》ってきたぜ、親愛《しんあい》なるブラザーたち」

「ただいまー。っていうかいちいち親愛《しんあい》なるとか付《つ》ける必要《ひつよう》ある？」

カラ松《まつ》とチョロ松《まつ》も部屋《へや》にもどってきた。これで6人《にん》そろいぶみだ。

トド松《まつ》が瞳《ひとみ》をうるませてカラ松《まつ》とチョロ松《まつ》にも訴《うった》える。

「聞《き》いてよ、二人《ふたり》とも！　十四松兄《じゅうしまつにい》さんなんだけど……」

カラ松《まつ》が小《ちい》さく笑《わら》った。

「フッ……今日《きょう》は十四松《じゅうしまつ》の独壇場《どくだんじょう》だったな」

チョロ松《まつ》もうんうんと首《くび》を縦《たて》にふった。

「僕《ぼく》らは二人《ふたり》して一匹《いっぴき》も釣《つ》れなかったからね。まあ、誰《だれ》かさんはエサの代《か》わりにラブレターを釣《つ》り針《ばり》に引《ひ》っかけてたから、当然《とうぜん》の結果《けっか》だけど」

カラ松《まつ》とチョロ松《まつ》の会話《かいわ》を耳《みみ》にしておそ松《まつ》が言《い》う。

「なんだ、カラ松《まつ》とチョロ松《まつ》は十四松《じゅうしまつ》といっしょに釣《つ》り堀《ぼり》に行《い》ってたのか。あーもう、今日《きょう》ひとりぼっちだったのお兄《にい》ちゃんだけじゃんかぁ」

トド松《まつ》が首《くび》をぶんぶん左右《さゆう》にふった。

「いやいやいやいやいやそんなわけないって！」

一松《いちまつ》も真剣《しんけん》な顔《かお》つきでうなずく。

「……ウソ吐《つ》いてると殺《ころ》すぞクソ松《まつ》。十四松《じゅうしまつ》といっしょのはずないだろ？」

刺《さ》すような視線《しせん》はカラ松《まつ》に向《む》けられた。

「ノンノン！　オレはいつでも正直《しょうじき》な人間《にんげん》さ。まあ、最初《さいしょ》はオレとチョロ松《まつ》の二人《ふたり》で釣《つ》りをしていたんだけどな。その後《あと》、いつの間《ま》にか十四松《じゅうしまつ》がやってきて、それからは三人《にん》で釣《つ》り勝負《しょうぶ》になったってわけだ。釣《つ》り堀《ぼり》の主《ぬし》を相手《あいて》にオレたちは死闘《しとう》をくりひろげ、結果《けっか》は……」

話《はなし》が長《なが》くなりそうで、一松《いちまつ》はとたんに不機嫌《ふきげん》になった。

「……黙《だま》れ。お前《まえ》はそれ以上《いじょう》しゃべるな。話《はなし》が余計《よけい》にややこしくなる」

一松《いちまつ》の視線《しせん》がチョロ松《まつ》に向《む》きなおった。チョロ松《まつ》は「いや、本当《ほんとう》にウソなんかじゃなくて……むしろどうしたの？　十四松《じゅうしまつ》は今日《きょう》、僕《ぼく》らとずっといっしょだったよ？」と、心配《しんぱい》そうな顔《かお》だ。

トド松《まつ》が思《おも》いきって十四松《じゅうしまつ》に切《き》りだす。

「ね、ねえ十四松兄《じゅうしまつにい》さん。今日《きょう》は一日《いちにち》、なにをしてたのかな？」

「釣《つ》り堀《ぼり》で大物《おおもの》をホームランしてたよ！　ぼくが一番大《いちばんおお》きな魚《さかな》を釣《つ》ったんだ！」

一松《いちまつ》とトド松《まつ》は顔《かお》を見合《みあ》わせた。

「……なあトド松《まつ》。それじゃあ今日一日《きょういちにち》おれたちが追《お》いかけてたのって」

「か、考《かんが》えるのはよそう一松兄《いちまつにい》さん」

あきらめたように一松《いちまつ》もうなずいた。

「……今日《きょう》おれたちはなにも見《み》なかった」

十四松《じゅうしまつ》がおびえるトド松《まつ》に笑《わら》いかける。

「あははは！　あははは！　二人《ふたり》とも変《へん》なのー！」

（──怖《こわ》いよ！　闇《やみ》が深《ふか》いとかそういう次元超《じげんこ》えてるから!!）

ふと一松《いちまつ》が十四松《じゅうしまつ》のズボンのポケットがふくらんでいるのに気《き》づいた。

「……なあ十四松《じゅうしまつ》。ポケットになに入《はい》ってるんだ？　なんか奇妙《きみょう》な感《かん》じでふくらんでるん

だけど」

十四松《じゅうしまつ》はズボンのポケットに手《て》をつっこんだ。

「あれ？　あれれ〜！　なんだろ、これ」

ポケットには木片《もくへん》やおがくずがパンパンにつまっていた。花咲《はなさ》かじいさんの灰《はい》のように十四松《じゅうしまつ》はそれを部屋《へや》にまきはじめる。

おそ松《まつ》が迷惑《めいわく》そうに告《つ》げた。

「おい誰《だれ》が片《かた》づけるんだよ。ったく……」

一方《いっぽう》、一松《いちまつ》とトド松《まつ》は——

「「——ッ!?」」

声《こえ》にならない悲鳴《ひめい》を上《あ》げた。そのまま二人《ふたり》の意識《いしき》は暗《くら》い闇《やみ》の底《そこ》へとフェードアウトしていく。

一松《いちまつ》とトド松《まつ》の見《み》た十四松《じゅうしまつ》はいったい誰《だれ》だったのか、それは誰《だれ》にもわからないのだった。

チョロ松《まつ》のお宝《たから》

6《む》つ子《ご》の部屋《へや》にチョロ松《まつ》だけ姿《すがた》が無《な》い。が、誰《だれ》も「チョロ松《まつ》どこ行《い》ったの？」と話題《わだい》にすることもなく、おのおの好《す》きなことをしてダラダラとした時間《じかん》が過《す》ぎていく。

カラ松《まつ》は誰《だれ》に見《み》せるわけでもないのに、髪《かみ》のセットを念入《ねんい》りに行《おこな》っていた。十四松《じゅうしまつ》とトド松《まつ》は野球盤《やきゅうばん》で遊《あそ》んでいる。

一松《いちまつ》が窓辺《まどべ》で猫《ねこ》じゃらしのオモチャをゆらす。こうすると猫《ねこ》が遊《あそ》びに来《く》るのだ。すぐに一匹《いっぴき》の猫《ねこ》が窓《まど》からぴょんと6《む》つ子《ご》の部屋《へや》に入《はい》ってきた。とたんに一松《いちまつ》の機嫌《きげん》が良《よ》くなる。

「……ほーれほれほれ」

猫《ねこ》はさっそく一松《いちまつ》の手《て》にした猫《ねこ》じゃらしのオモチャに夢中《むちゅう》になった。

そんな兄弟《きょうだい》たちを見回《みまわ》しつつ、おそ松《まつ》が漫画本《まんがぼん》を片手《かたて》にソファーに腰《こし》を下《お》ろす。

「よっこらしょ……っと。あれ？　なんかいつもと座《すわ》り心地《ごこち》が違《ちが》くない？」

いつになく微妙《びみょう》なお尻《しり》の感覚《かんかく》に、おそ松《まつ》はソファーのクッションをぐいっと押《お》してみた。

すると――ビニール製《せい》の布団圧縮袋《ふとんあっしゅくぶくろ》につぶされた、ピンクやらワインレッドやら紺色《こんいろ》っぽい色《いろ》のかたまりがクッションの下《した》からはみだしたのだ。

おそ松《まつ》が圧縮袋《あっしゅくぶくろ》をひっぱりだし、かかえあげて瞳《ひとみ》を輝《かがや》かせる。

「うわー！　これって布団《ふとん》圧縮袋《あっしゅくぶくろ》じゃん！　テレビの通販《つうはん》とかでよく見《み》るやつ」

トド松《まつ》が野球盤《やきゅうばん》で遊《あそ》ぶ手《て》をとめて、おそ松《まつ》に言《い》う。

「中身《なかみ》じゃなくて圧縮袋《あっしゅくぶくろ》の方《ほう》が気《き》になるの？」

「そりゃそうだろトッティ。まあ中身《なかみ》がなんなのかはともかく、この袋《ふくろ》から出《だ》したらぺったんこなのがもとにもどるって、なにげにすごくね？」

一松《いちまつ》がぼそりとつぶやいた。

「……っていうか、なにそれ」

部屋《へや》の中《なか》がしんっと静《しず》まりかえる。カラ松《まつ》が小《ちい》さく笑《わら》った。

「フッ……この反応《はんのう》の無《な》さからして、持《も》ち主《ぬし》はこの場《ば》にいない誰《だれ》かだ」

おそ松《まつ》が圧縮袋《あっしゅくぶくろ》についた空気弁《くうきべん》のキャップに手《て》を掛《か》ける。

「これを回《まわ》すと空気《くうき》が入《はい》って、袋《ふくろ》を開《ひら》くともとにもどるんだよねー。一度《いちど》やってみたかったんだよなー」

トド松《まつ》がおそ松《まつ》をじっと見《み》つめた。

「けどいいの、おそ松兄《まつにい》さん？　たぶん持《も》ち主《ぬし》は勝手《かって》にいじるとガチで嫌《いや》がるよ？」

「見《み》つかるところに隠《かく》すのが悪《わる》いんだろ？　それに問題《もんだい》なのは中身《なかみ》じゃなくて圧縮袋《あっしゅくぶくろ》の方《ほう》だから！　出《だ》したらもとにもどすし。むしろ圧縮《あっしゅく》したいし。掃除機《そうじき》で空気《くうき》を吸《す》いこんでぺしゃんこになるのとか、なんかおもしろいじゃん」

言《い》いだすと聞《き》かないおそ松《まつ》にトド松《まつ》も説得《せっとく》をあきらめた。

他《ほか》の兄弟《きょうだい》たちも積極的《せっきょくてき》にとめようとはしない。というか、自分《じぶん》たちは関与《かんよ》しないけど好《す》きにすればという雰囲気《ふんいき》だ。それを同意《どうい》を得《え》たと勝手《かって》に解釈《かいしゃく》して、おそ松《まつ》はうなずいた。

「というわけでオープン～～！」

おそ松《まつ》が空気弁《くうきべん》のキャップを外《はず》すと、ひらべったかった圧縮袋《あっしゅくぶくろ》はあっという間《ま》にふくらんだ。

中《なか》でつぶれていたピンク色《いろ》やらなんやらのかたまりは、みるみるうちにもとの姿《すがた》になる。

おそ松《まつ》が取《と》りだすとそれは、チョロ松《まつ》が大《だい》ファンのアイドル——橋本《はしもと》にゃーのジャンボぬいぐるみだった。

髪形《かみがた》を気《き》にしながらカラ松《まつ》がつぶやく。

「開《あ》けてはならないパンドラの箱《はこ》……残《のこ》された希望《きぼう》の欠片《かけら》ってやつか」

一松《いちまつ》が猫《ねこ》じゃらしのオモチャで猫《ねこ》に指示《しじ》した。

「……やれ」

にゃあああああああ！　と、猫《ねこ》がカラ松《まつ》に飛《と》びかかり顔面爪《がんめんつめ》とぎを食《く》らわせる。

「アウチ！　なぜだ!?」

「……なんか言《い》い方《かた》がムカツク」

一松《いちまつ》はじっとカラ松《まつ》の髪《かみ》を見《み》つめた。

「つーか、誰《だれ》も見《み》てないのに、さっきから髪形気《かみがたき》にしてどうすんだよ？」

「ノンノン一松《いちまつ》、ノンノンノンノン。これは、いつカラ松《まつ》ガールズと遭遇《そうぐう》してもいいように、常《つね》に準備《じゅんび》をしているのさ」

引《ひ》っかかれたほっぺたを押《お》さえて涙目《なみだめ》になりながら、カラ松《まつ》は言《い》う。

「……ああん？」

一松《いちまつ》のイライラは増《ま》すばかりだ。が、かまわずカラ松《まつ》は髪《かみ》のセットを続《つづ》けた。

「自分《じぶん》をみがきつづけることで、常《つね》に最高《さいこう》のオレでありつづけるのさ」

「……死《し》ね！　クソ松《まつ》」

猫《ねこ》は任務《にんむ》を完了《かんりょう》すると一松《いちまつ》のもとにもどった。

トド松《まつ》が自分《じぶん》の眉間《みけん》のあたりを手《て》で軽《かる》く押《お》さえる。

「あちゃー。それにしても、圧縮袋《あっしゅくぶくろ》の中《なか》からとんでもないものが出《で》てきちゃったね。誰《だれ》の持《も》ち物《もの》かは知《し》らないけど」

おそ松《まつ》も苦笑《にがわら》いだ。

「おいおい、まだあいつのだって決《き》まったわけじゃないだろ？」

十四松《じゅうしまつ》は興味《きょうみ》がないのか、いつの間《ま》にかはじめていた素振《すぶ》りが三十回《かい》を超《こ》えていた。

「三十一……三十二……三十三……三十四！」

あいかわらずのマイペースぶりだ。おそ松《まつ》がトド松《まつ》に耳打《みみう》ちする。

「なあトッティ。まさか十四松《じゅうしまつ》のものじゃないよな？」

「それは100％無《パーセントな》いね、おそ松兄《まつにい》さん」

じっとぬいぐるみを見《み》つめておそ松《まつ》は首《くび》をひねった。

「つーかさー。なんでこれを布団圧縮袋《ふとんあっしゅくぶくろ》に入《い》れて隠《かく》してるわけ？　なんかやましい気持《きも》ちがあるからだろ」

トド松《まつ》が腕組《うでぐ》みしながらおそ松《まつ》に返《かえ》す。

「もうそれくらいにしておこうよ。ほら、おそ松兄《まつにい》さんは袋《ふくろ》にしまって。下《した》から掃除機《そうじき》持《も》ってくるから、圧縮《あっしゅく》してもとの場所《ばしょ》にもどして見《み》なかったことにしよう？」

おそ松《まつ》は「へーい」と、つまらなそうにつぶやいた。これじゃあ、どっちが兄《あに》だかわかったもんじゃない。

ほどなくして、一階《いっかい》に下《お》りたトド松《まつ》が掃除機《そうじき》を持《も》ってもどってきた。掃除機《そうじき》のコードをひっぱりだす。

「えーと、コンセントコンセント……っと」

トド松《まつ》が掃除機《そうじき》のプラグをコンセントにつないだ瞬間《しゅんかん》――

ぶおおおおおおおおおおおおおおおおおおん！

と、掃除機《そうじき》がうなり声《ごえ》を上《あ》げた。スイッチが入《はい》りっぱなしだったようだ。突然《とつぜん》の爆音《ばくおん》に一松《いちまつ》といっしょに遊《あそ》んでいた猫《ねこ》が部屋《へや》の中《なか》をかけまわった。

にゃあああああああああああああああああああ！

おそ松《まつ》の足下《あしもと》でパニック状態《じょうたい》の猫《ねこ》がぐるぐる回《まわ》る。

「早《はや》くスイッチ切《き》ってトド松《まつ》！　つーか、うわあああ！　こっち来《く》るなよ！」

猫《ねこ》はジャンプすると、おそ松《まつ》めがけて飛《と》びかかった。その爪《つめ》のするどさと威力《いりょく》はカラ松《まつ》で証明済《しょうめいず》みだ。つい、おそ松《まつ》は自分《じぶん》の顔《かお》をかばってしまった。

橋本《はしもと》にゃーのぬいぐるみで。

ベリベリ！　ガリガリ！　バリバリ！

猫《ねこ》がぬいぐるみにはりついて猫《ねこ》パンチから爪《つめ》とぎのコンボを決《き》める。

手《て》にしたぬいぐるみを放《ほう》りなげて、おそ松《まつ》が悲鳴《ひめい》を上《あ》げた。

「うおわあああああ！　なにすんだよマジで！」

にゃあああああああああああああああああああ！

ぬいぐるみといっしょに放《ほう》りだされた猫《ねこ》が、空中《くうちゅう》でぬいぐるみをキックする。ぬいぐるみは素振《すぶ》りを続《つづ》けていた十四松《じゅうしまつ》のストライクゾーンめがけて飛《と》んでいった。

「外角高《がいかくたか》めをホームラーン！」

十四松《じゅうしまつ》はボロボロになった橋本《はしもと》にゃーぬいぐるみを、かっとばすように打《う》ちはなった。

天井《てんじょう》に**べちん！**　と打《う》ちつけられると、ぬいぐるみが床《ゆか》にボタッと落《お》ちる。

おそ松《まつ》がつぶやいた。

「あれ、なんかこれって……ヤバくない？」

一松《いちまつ》が他人事《ひとごと》のように笑《わら》う。

「……バレたら血《ち》の雨《あめ》が降《ふ》るかもな」

ホームランでトドメを刺《さ》した十四松《じゅうしまつ》は、自分《じぶん》がなにをしたのかわかっていないようで首《くび》をかしげっぱなしだ。

「あははははぁ〜あれぇ？　なにこれ？　座布団《ざぶとん》？」

どうしたらいいかとトド松《まつ》が考《かんが》えていると、一階《いっかい》の玄関《げんかん》がガラガラと開《ひら》く音《おと》がした。

「ただいま〜！　いやぁ〜今日《きょう》のライブ最高《さいこう》だったよ。って、みんな二階《かい》か。うーん、わかっているのについ報告《ほうこく》したくなっちゃうんだよねぇ。ほんとにゃーちゃん、かわいいよ、にゃーちゃーん！」

この最悪《さいあく》のタイミングでチョロ松《まつ》が帰宅《きたく》したのである。

チョロ松《まつ》が二階《かい》に上《あ》がると、他《ほか》の兄弟《きょうだい》たちがじっと真顔《まがお》で見《み》つめてきた。

普段《ふだん》なら「ただいま〜」「おかえり〜」くらいで目《め》も合《あ》わさないのに、注目《ちゅうもく》を集《あつ》めるなんてなんだか変《へん》だなと、チョロ松《まつ》は首《くび》をかしげる。

「ねぇみんなどうしたの？　そんなにじっと見《み》つめられても……あ！　そっか、にゃーちゃんのライブのことが気《き》になるんだ？」

一松《いちまつ》がぼそりとつぶやいた。

「……いや、ぜんぜん」

チョロ松《まつ》が笑顔《えがお》になる。

「別《べつ》に恥《は》ずかしがることないのに」

「……は、恥《は》ずかしがってなんかいねぇし。興味《きょうみ》ないから」

空気《くうき》がますます重《おも》い。どことなくチョロ松《まつ》としてもいづらい雰囲気《ふんいき》だ。

「あのさ、なんでそんなに緊張《きんちょう》してるの？　なにかあったのおそ松兄《まつにい》さん？」

おそ松《まつ》は目《め》をそらした。

「いや、別《べつ》になーんも無《な》いけど」

チョロ松《まつ》がちらっとトド松《まつ》の顔《かお》を見《み》る。

ビビリのトド松《まつ》の顔《かお》が青《あお》ざめた。

「うんうん。なんにもなかったよチョロ松《まつ》

兄《にい》さん」

あやしい。絶対《ぜったい》になにかあったなと、チョロ松《まつ》は確信《かくしん》した。十四松《じゅうしまつ》は部屋《へや》の真《ま》ん中《なか》で素《す》振《ぶ》りをしている。

「百六十二……百六十三……百六十四！」

チョロ松《まつ》は十四松《じゅうしまつ》に確認《かくにん》することにした。こういう時《とき》は兄弟《きょうだい》でも一番《いちばん》素直《すなお》な十四松《じゅうしまつ》に聞《き》けば、だいたい判明《はんめい》するものだ。

「なにか僕《ぼく》に隠《かく》しごとしてない？」

素振《すぶ》りを続《つづ》けたまま十四松《じゅうしまつ》が笑《わら》う。

「隠《かく》しごと？　なにそれ!?」

チョロ松《まつ》は質問《しつもん》を変《か》えた。

「隠《かく》しごとでないなら、なにがあったの？」

「あのねあのね！　ぼくさっきホームランしたんだよ！」

「ホームランって……ボールを？」

「アイドルのぬいぐるみかな？　あははは！」

十四松《じゅうしまつ》は無邪気《むじゃき》に笑《わら》った。その言葉《ことば》にチョロ松《まつ》の眉毛《まゆげ》がピクンと反応《はんのう》する。

ぬいぐるみというと、思《おも》いあたることがあるような、ないような。

チョロ松《まつ》がカラ松《まつ》に向《む》きなおって聞《き》く。

「ねえ、カラ松兄《まつにい》さん。どうしてさっきからそんなに小刻《こきざ》みにふるえてるのか教《おし》えてくれないかな？」

基本的《きほんてき》に善人《ぜんにん》で押《お》しに弱《よわ》いカラ松《まつ》に、チョロ松《まつ》はせまった。

「お、落《お》ち着《つ》いて聞《き》いてくれブラザー。実《じつ》は……」

カラ松《まつ》が白状《はくじょう》しかけた瞬間《しゅんかん》――

「……言《い》うな！　おしゃべりクソボケタコナスカス松《まつ》ッ！」

一松《いちまつ》がカラ松《まつ》のみぞおちにつらぬくようなボディーブローを打《う》ちこんだ。一松《いちまつ》と遊《あそ》んでいた猫《ねこ》がおどろいて、窓《まど》の外《そと》にピョンと飛《と》びだし逃《に》げていった。

「――ッ!?」

カラ松《まつ》がその場《ば》でぐしゃりと膝《ひざ》からくずれおちる。ボディーブローを放《はな》った一松《いちまつ》も、おでこに冷《ひ》や汗《あせ》をびっしょりかいていた。普段《ふだん》はもう少《すこ》し手加減《てかげん》できるのだが、その余裕《よゆう》がまったくない。チョロ松《まつ》が声《こえ》を上《あ》げる。

「いやちょっとやりすぎでしょ！」

「「「「…………」」」」

不穏《ふおん》な空気《くうき》にチョロ松《まつ》も困《こま》り顔《がお》だ。

一方《いっぽう》、壁《かべ》を背《せ》にしたトド松《まつ》は、他《ほか》の兄弟《きょうだい》たちから押《お》しつけられた後《うし》ろのモノを、さらに壁《かべ》にはさんで押《お》しつけるようにした。それは数分前《すうふんまえ》までにゃーちゃんぬいぐるみだったものの残骸《ざんがい》だ。結局《けっきょく》、貧乏《びんぼう》くじはいつも末《すえ》っ子《こ》に押《お》しつけられるのである。

一松《いちまつ》は完全《かんぜん》に目《め》をそらし、カラ松《まつ》は床《ゆか》につっぷしたまま沈黙《ちんもく》している。

チョロ松《まつ》が少《すこ》しだけ間《ま》を置《お》いてつぶやいた。

「アイドル……ぬいぐるみ…………あっ」

チョロ松《まつ》の中《なか》で色々《いろいろ》とつながった。隠《かく》しておいた例《れい》のブツ――ノンスケールふわふわジャンボにゃーちゃんぬいぐるみ（税別価格《ぜいべつかかく》：九千八百円《えん》）に、なにかあったのだ。十四《じゅうし》松《まつ》がホームランしたというのも気《き》になるところである。

チョロ松《まつ》の心《こころ》の中《なか》に嵐《あらし》が吹《ふ》きあれた。

ホームランはまずい。が、ぬいぐるみはふわふわだから、いくら十四松《じゅうしまつ》のスイングがするどくても、打《う》ち所《どころ》がよっぽど悪《わる》くないかぎり無事《ぶじ》だろう。無事《ぶじ》であってくれ。

問題《もんだい》はこの場《ば》の空気《くうき》だ。

布団圧縮袋《ふとんあっしゅくぶくろ》まで使《つか》って念入《ねんい》りに隠《かく》していた、兄弟《きょうだい》たちに知《し》られたくない秘密《ひみつ》。それが今《いま》、白日《はくじつ》の下《もと》にさらされて……ドン引《び》きされている。兄弟《きょうだい》たちがいない時《とき》に、こっそり抱《だ》きしめて癒《い》やされていたことがバレるのも時間《じかん》の問題《もんだい》だ。

チョロ松《まつ》の口《くち》から言葉《ことば》が漏《も》れた。

「へ、へー。アイドルのぬいぐるみねー。そういうのもあるんだー」

棒読《ぼうよ》みのような一言《ひとこと》。

おそ松《まつ》がにへらーっと笑《わら》った。

「なんだチョロ松《まつ》。アイドルぬいぐるみのことを知《し》らないなんて、らしくないな」

チョロ松《まつ》はうわずった声《こえ》でおそ松《まつ》に返《かえ》す。

「いやぁ初耳《はつみみ》だよ。うん。ぜんっっっぜん知《し》らなかった。いくら僕《ぼく》でもさすがに手《て》を出《だ》さないよ。やだなーもー」

「そうだよなぁ。さすがにアイドルオタクでグッズオタクのチョロ松《まつ》でも、ぬいぐるみなんて興味《きょうみ》ないよなぁ」

「と、当然《とうぜん》だよ」

チョロ松《まつ》の背中《せなか》は冷《ひ》や汗《あせ》でびっしょりだ。が、ここで怒《おこ》るわけにはいかなかった。怒《おこ》るということはぬいぐるみが自分《じぶん》のものだと宣言《せんげん》するようなものだ。

チョロ松《まつ》は早口《はやくち》で返《かえ》す。

「いや、ほらね……そういうグッズがあるなんてことすら知《し》らなかったわけだし、なんていうか僕《ぼく》の場合《ばあい》、ウチワとかハッピやハチマキみたいな、ライブを盛《も》りあげ楽《たの》しむためのグッズがメインだからさ。あ！　もちろん写真集《しゃしんしゅう》とかは別《べつ》だけど……むしろ、自宅《じたく》で個人的《こじんてき》に観賞《かんしょう》するならそっちだよね。いい大人《おとな》がぬいぐるみなんて買《か》ったら恥《は》ずかしいでしょ？」

兄弟《きょうだい》たちにはチョロ松《まつ》のあせりにあせった姿《すがた》が、自白《じはく》にしか見《み》えなかった。

と、いつの間《ま》にかソファーの上《うえ》に、にゃーちゃんぬいぐるみがちょこんと座《すわ》っていた。トド松《まつ》の顔《かお》が青《あお》ざめる。壁《かべ》に押《お》しつけるように隠《かく》していたはずなのに、背中《せなか》から感触《かんしょく》が消《き》えたのだ。

トド松《まつ》の後《うし》ろから瞬間移動《しゅんかんいどう》したぬいぐるみは、どこかくたびれてぐったりした感《かん》じはするのだが、ズタボロになってホームランされたはずなのに、もとの形《かたち》にもどっている。

ただ、一回《ひとまわ》り大《おお》きくなっていた。チョロ松《まつ》が自分《じぶん》の目《め》を軽《かる》くこする。

「おっかしいなぁ。なんか大《おお》きくなってない？」

部屋《へや》のすみで膝《ひざ》をかかえて座《すわ》ったまま、一松《いちまつ》が口元《くちもと》をゆるませた。

「……ぬいぐるみのことなんて知《し》らないんじゃなかったのかよ」

そんなつぶやきも、無事《ぶじ》の再会《さいかい》を果《は》たしたチョロ松《まつ》の耳《みみ》には入《はい》っていないらしい。

どうしてぬいぐるみがもとにもどったのか、おそ松《まつ》にもわからなかった。

ただ、さきほどからずっと続《つづ》いていた十四松《じゅうしまつ》の素振《すぶ》りの音《おと》が、いつの間《ま》にかやんでいる。

チョロ松《まつ》がソファーに座《すわ》るぬいぐるみに近《ちか》づいたその時《とき》――

「ハイドーーーン!!!!」

ぬいぐるみがいきなり、腕《うで》をバンザイさせた。

ビリビリバリバリバリ！

立《た》ちあがった勢《いきお》いでぬいぐるみが内側《うちがわ》からやぶけて、にゃーちゃんの顔《かお》の部分《ぶぶん》も真《ま》っ二《ぷた》つにさける。中《なか》から十四松《じゅうしまつ》の顔《かお》が飛《と》びだした。猫耳《ねこみみ》とピンクの髪《かみ》をかつらのようにかぶり、ワインレッドの上着《うわぎ》に胸元《むなもと》には黄色《きいろ》い大《おお》きなリボンをつけた、着《き》ぐるみ（？）状態《じょうたい》だ。

ぼうぜんとなるチョロ松《まつ》の脇《わき》で、おそ松《まつ》が声《こえ》を上《あ》げる。

「つーか、あんなボロぞうきんだったのになんで直《なお》った!? いや、それよりも十四松《じゅうしまつ》!! いつ、どうやって中《なか》に入《はい》ったの!?」

トド松《まつ》も青《あお》い顔《かお》で悲鳴《ひめい》を上《あ》げる。

「怖《こわ》いよ十四松兄《じゅうしまつにい》さん！」

チョロ松《まつ》が肩《かた》をプルプルとふるえさせると、声《こえ》を上《あ》げた。

「ああああああああああああああああああああああああああああああああああああッ!!」

あわせて十四松《じゅうしまつ》も雄叫《おたけ》びを上《あ》げる。

「ぼうえええェッ!!」

十四松《じゅうしまつ》が身《み》にまとっていたにゃーちゃんのぬいぐるみのパーツが、爆発《ばくはつ》するように弾《はじ》け飛《と》んだ。チョロ松《まつ》がおそ松《まつ》の胸《むな》ぐらにつかみかかる。

「てめぇだろこれコラぁッ!」

おそ松《まつ》は引《ひ》き気味《ぎみ》に返《かえ》した。

「え、えぇ俺《おれ》? 俺《おれ》の責任《せきにん》なわけ? つーかぬいぐるみはお前《まえ》のじゃないんだろチョロ松《まつ》? さっきそう言《い》ったよな?」

「もう、そういう〝てい〟で話進《はなしすす》める状態《じょうたい》じゃねぇから! ああ認《みと》めるよ認《みと》めてやるよ! あれが僕《ぼく》の持《も》ち物《もの》だったたって!」

チョロ松《まつ》がおそ松《まつ》の首《くび》をがくがくとゆさぶる。おそ松《まつ》は反論《はんろん》した。

「いや待《ま》てってチョロ松《まつ》! 現行犯《げんこうはん》でぬいぐるみにトドメを刺《さ》したのは十四松《じゅうしまつ》だろ?」

チョロ松《まつ》はおそ松《まつ》のえり首《くび》をしめあげた。

「そもそも誰《だれ》が見《み》つけたかって話《はなし》だ。いや、見《み》つけるまではよしとしよう。こっちの隠《かく》し方《かた》にも不備《ふび》があった。けどな……普通開《ふつうあ》けるか？　圧縮袋開《あっしゅくぶくろあ》けるか？」

おそ松《まつ》が苦《くる》しげに言《い》う。

「お、俺《おれ》が率先《そっせん》して開《あ》けたとは限《かぎ》らないだろ」

「いいやお前《まえ》だ。お前《まえ》しかいない。どうせ中身《なかみ》よりも布団圧縮袋《ふとんあっしゅくぶくろ》に入《い》れたものがもとにもどるところとか、圧縮《あっしゅく》するところが見《み》たかったとか、そういうしょうもない理由《りゆう》で、おもしろ半分《はんぶん》で開《あ》けたんだろ！」

一松《いちまつ》が小《ちい》さくうなずいた。

「……ぜんぶ正解《せいかい》だな」

ここに来《き》てボディーブローで沈《しず》んでいたカラ松《まつ》がゆっくりと体《からだ》を起《お》こした。

「お、落《お》ち着《つ》けチョロ松《まつ》。オレも実《じつ》はとめようとしたんだ」

鬼気《きき》せまる形相《ぎょうそう》でチョロ松《まつ》がカラ松《まつ》をにらみつけた。

「とめようとした、と、とめたとじゃ、まったく意味《いみ》が違《ちが》うから」

チョロ松《まつ》は投《な》げるようにおそ松《まつ》のえり首《くび》から手《て》をはなした。

「ハァ……ハァ……なんだ許《ゆる》してくれんの？」

呼吸《こきゅう》を整《ととの》えるおそ松《まつ》の顔《かお》を、チョロ松《まつ》がビシッと指《ゆび》さす。

「今《いま》からお前《まえ》が一番大切《いちばんたいせつ》にしているものをぶっ壊《こわ》す。みんなとめるなよ」

おそ松《まつ》は眉尻《まゆじり》を下《さ》げた。

「あちゃー。ガチでキレちゃってるよこの人《ひと》。ふう……だけどそれはできないぜチョロ松《まつ》」

「できないって……なんで？」

おそ松《まつ》は胸《むね》を張《は》って笑顔《えがお》で宣言《せんげん》した。

「なぜなら俺《おれ》の一番大切《いちばんたいせつ》なものはここにいる兄弟《きょうだい》だからさ！　もちろんチョロ松《まつ》、お前自《まえじ》身《しん》も含《ふく》まれるんだぜ。それを壊《こわ》すなんて自殺《じさつ》もいいところだ。なあチョロ松《まつ》、お前《まえ》にそんな残酷《ざんこく》なことができるのか？」

良《い》いせりふを言《い》いきってすがすがしい表情《ひょうじょう》のおそ松《まつ》に、一松《いちまつ》がぼそりと正論《せいろん》をつきつける。

「……ウソだな」

カラ松《まつ》もそれに続《つづ》いた。

「フッ……そういう言葉《ことば》は普段《ふだん》の行《おこな》いが重要《じゅうよう》だな。信頼《しんらい》と絆《きずな》はプライスレスだ」

十四松《じゅうしまつ》が口《くち》を大《おお》きく開《あ》けて笑《わら》う。

「だめだよーおそ松兄《まつにい》さん、人《ひと》の大切《たいせつ》にしてるもの壊《こわ》しちゃ」

わりとおそ松《まつ》の次《つぎ》くらいにやらかしているのに、自分《じぶん》の事《こと》は棚上《たなあ》げなの!?　と思《おも》いつつも、トド松《まつ》も他《ほか》の兄弟《きょうだい》たちの言葉《ことば》にうなずいた。

「えっと……素直《すなお》にあやまった方《ほう》がいいんじゃないかな、おそ松兄《まつにい》さん」

兄弟《きょうだい》たちの視線《しせん》の集中砲火《しゅうちゅうほうか》に、おそ松《まつ》があぜんとした。

みんな途中《とちゅう》までいっしょに楽《たの》しんでたじゃないか？　なんで長男《ちょうなん》ひとりにすべておっかぶせるんだ!?　と。

「あれ？　俺《おれ》ってそんなに信頼《しんらい》ないわけ？」

示《しめ》しあわせたように、カラ松《まつ》、チョロ松《まつ》、一松《いちまつ》、トド松《まつ》がうなずく。一瞬遅《いっしゅんおく》れて十四松《じゅうしまつ》も「うんうん」と、何度《なんど》もうなずいた。

ある意味《いみ》、おそ松《まつ》にとって大切《たいせつ》なものがぶっ壊《こわ》れた瞬間《しゅんかん》だ。

長男《ちょうなん》のプライドという宝物《たからもの》が。


「お、お前《まえ》らなんか兄弟《きょうだい》じゃねぇかんな！」


おそ松《まつ》は半泣《はんな》きになりながら部屋《へや》を飛《と》びだすと、玄関《げんかん》にかけおりていった。

誰《だれ》も追《お》いかけてきてくれない。

おそ松《まつ》が玄関《げんかん》から外《そと》に出《で》た瞬間《しゅんかん》――


にゃあああああああああああああああああああああああああああ！


屋根《やね》の上《うえ》から、先《さき》ほど6《む》つ子《ご》の部屋《へや》を引《ひ》っかきまわした猫《ねこ》が飛《と》びおりてきた。

おそ松《まつ》の頭《あたま》の上《うえ》に着地《ちゃくち》したかと思《おも》うと――

ざしゅっざしゅ！

と、顔面爪《がんめんつめ》とぎを食《く》らわせて、猫《ねこ》は

ぴゅーっと風《かぜ》のように走《はし》りさっていった。

「どうしてこうなるんだあああああ！」

焼《や》き肉《にく》食《た》べ放《ほう》題《だい》

※このパートは6つ子《むご》の掛《か》けあいを存分《ぞんぶん》にお楽《たの》しみいただけるよう、せりふのみとなっております。イメージの翼《つばさ》を広《ひろ》げてお楽《たの》しみください。

ここは〝とあるサービス〟がネットで評判《ひょうばん》になっている焼《や》き肉店《にくてん》。ひょんなことから食《た》べ放題《ほうだい》の無料招待券《むりょうしょうたいけん》をゲットした6つ子《むご》は、さっそく肉《にく》の楽園《らくえん》に乗《の》りこんだ。

ラストオーダーまでの制限時間《せいげんじかん》は九十分《ぷん》。最初《さいしょ》に頼《たの》んだ肉《にく》も一通《ひととお》りテーブルに並《なら》び、二《ふた》つの金網《かなあみ》という名《な》のリングで今《いま》、まさに戦《いくさ》がはじまろうとしている。

そんな中《なか》、ひとりだけ〝裏切《うらぎ》り者《もの》〟がいることに兄弟《きょうだい》たちは気《き》づいていない。

A網《エーあみ》　おそ松《まつ》　カラ松《まつ》　チョロ松《まつ》
B網《ビーあみ》　一松《いちまつ》　十四松《じゅうしまつ》　トド松《まつ》

トド松《まつ》「ドリンクとケーキ類《るい》にカレーとか唐揚《からあ》げみたいな軽食系《けいしょくけい》はセルフで、お寿司《すし》とかお肉《にく》は基本的《きほんてき》にオーダー式《しき》みたいだね。追加注文《ついかちゅうもん》はこっちで頼《たの》むからメニューちょ

うだい。食《た》べたいものがあったらボクに言《い》ってね！　まあ、今回《こんかい》は『選《えら》べる100品《ぴん》大満足《だいまんぞく》コース』だから、だいたいのメニューはあるっぽいけど」

おそ松《まつ》「はいよトド松《まつ》メニューよろしくっと。つうかさー焼《や》き肉《にく》って奇跡《きせき》の食《た》べ物《もの》じゃない？」

カラ松《まつ》「フッ……いわずもがな。炎《ほのお》に身《み》をこがすのは恋《こい》と同《おな》じだ」

チョロ松《まつ》「いや、意味《いみ》わかんないから。でも焼《や》き肉《にく》をいっしょに食《た》べた男《だん》女《じょ》って、恋人《こいびと》っていうか……」

一松《いちまつ》「……今《いま》、そういう話《はなし》はやめよう。肉《にく》

の前《まえ》に嫉妬心《しっとしん》でおれ自身《じしん》が燃《も》える。あと焼《や》き肉《にく》のタレ取《と》って」

カラ松《まつ》「OK《オーケー》ブラザー。ちなみに、一松《いちまつ》の恋《こい》の味《あじ》は甘口《あまくち》か？　それとも……辛口《からくち》か？」

一松《いちまつ》「……焼《や》け死《し》ね！　クソ松《まつ》」

十四松《じゅうしまつ》「ぼくケーキ取《と》ってくるね！」

トド松《まつ》「え？　いきなりデザートからなの!?　って！　……ああ、デザートコーナーに行《い》っちゃったよ」

おそ松《まつ》「ほっとけほっとけ！　食《た》べ放題《ほうだい》なんだし、おのおの好《す》きに食《た》べればいいんだって。んじゃあさっそくカルビから焼《や》こうぜ！」

カラ松《まつ》「ノンノン。いきなり脂《あぶら》っこいカルビなんてナンセンスだ、おそ松《まつ》！　まずは繊細《せんさい》なネギタン塩《しお》が王道《おうどう》！」

おそ松《まつ》「はあああ!?　こっちは腹減《はらへ》ってるんだよ！　タン塩《しお》じゃガッツリ行《い》けないだろ！」

カラ松《まつ》「お、お前《まえ》……気《き》はたしかか!?　いきなり味《あじ》の濃《こ》いカルビじゃ後《あと》が続《つづ》かないだろ！」

トド松《まつ》「カルビには白《しろ》いご飯《はん》が合《あ》うんじゃないかな？　注文《ちゅうもん》しておくね、おそ松兄《まつにい》さん」

おそ松《まつ》「お！　わかってんじゃんトド松《まつ》！　……そうと決《き》まればカルビ一皿《ひとさら》ぜんぶ載《の》せちゃえええええ！」

カラ松《まつ》「ノオオオオオウ！　一気《いっき》に肉《にく》を載《の》せるな！　そこ！　肉《にく》と肉《にく》が重《かさ》なってるぞ！　あーなんということだ！　ジーザス！」

チョロ松《まつ》「あーあ。またはじまったよ。っていうか、おそ松兄《まつにい》さんとカラ松《まつ》兄《にい》さんをいっしょの網《あみ》にすると絶《ぜっ》対《たい》もめるのに、なんで毎回《まいかい》くじ引《び》きしてもこの組《く》みあわせになるのかな」

おそ松《まつ》「なんだよチョロ松《まつ》！　文句《もんく》あるの

か!?」

チョロ松《まつ》「一度《いちど》に載《の》せすぎなんだよ、おそ松兄《まつにい》さんは！　ああもう、カルビの脂身《あぶらみ》に引火《いんか》してるじゃん。いったんコンロの火《ひ》消《け》すよ」

おそ松《まつ》「燃《も》えてる！　肉《にく》が燃《も》えてるううううううううううううううう！」

トド松《まつ》「うわああ、そっちの網《あみ》は大変《たいへん》そうだね。じゃあボク、みんなの分《ぶん》の飲《の》み物《もの》取《と》ってくるよ。とりあえずコーラでいいかな？」

おそ松《まつ》「トッティ！　コーラと別《べつ》に氷《こおり》持《も》ってきて！　消火《しょうか》だ消火《しょうか》！」

カラ松《まつ》「頼《たの》んだぜブラザー」

チョロ松《まつ》「炭酸《たんさん》はお腹《なか》がふくれるから、僕《ぼく》はウーロン茶《ちゃ》が……ああ、行《い》っちゃったよトッティのやつ」

十四松《じゅうしまつ》「たっだいまー！　みんなの分《ぶん》も持《も》ってきたよ！　モンブラン！　さっそく焼《や》かなきゃあはははは！」

一松《いちまつ》「……ちょ！　待《ま》て十四松《じゅうしまつ》！　ケーキは焼《や》くな……って、ああああああ！！！」

十四松《じゅうしまつ》「アハハ！　焼《や》きモンブランたのしー！　みんなも食《た》べるー？」

チョロ松《まつ》「いや、ひとりで食《た》べて。というかそっちの網《あみ》も地獄《じごく》か。僕《ぼく》としては時間《じかん》をかけて鶏《とり》モモを焼《や》きたいんだけど、こんな状況《じょうきょう》じゃ無理《むり》かも」
カラ松《まつ》「なるほど肉《にく》を育《そだ》てるんだなチョロ松《まつ》。まさに知将《ちしょう》……軍師《ぐんし》タイプと見《み》た。どうだオレと組《く》まないか？」
チョロ松《まつ》「組《く》まないよ。タイプとか言《い》われても困《こま》るんだけど」
トド松《まつ》「おまたせー！　はい、消火用《しょうかよう》の氷《こおり》ね。それとコーラも。キンキンに冷《ひ》えてるから。みんなのどが渇《かわ》いたらすぐにおかわり言《い》ってね」
おそ松《まつ》「おっ！　サンキュートッティ！　この氷《こおり》で鎮火《ちんか》できそうだ。って、あれ？　お前《まえ》の分《ぶん》のコーラは？」
トド松《まつ》「ボクはそんなにのど渇《かわ》いてないから」
おそ松《まつ》「つーかさっきからメニュー係《がかり》にドリンクまで謎《なぞ》の気遣《きづか》い！　女子《じょし》かよ！」
チョロ松《まつ》「うーん、なんかサービス良《よ》すぎっていうか……なにか企《たくら》んでないかトッティ？」
トド松《まつ》「やだなぁチョロ松兄《まつにい》さん。なにも企《たくら》んだりしてないって」
おそ松《まつ》「そうだぞチョロ松《まつ》！　トド松《まつ》が焼《や》き肉《にく》そっちのけで俺《おれ》たちの世話《せわ》を焼《や》いてくれて

るんだから、甘《あま》えなきゃ損《そん》だろ？」
チョロ松《まつ》（――そういえばトド松《まつ》のやつ、さっきからずーっとメニューを持《も》ったままなんだけど……ドリンクを取《と》りに行《い》く時《とき》まで持《も》っていくなんておかしいな）
トド松《まつ》「どうしたのチョロ松兄《まつにい》さん？」
チョロ松《まつ》「あ、ああ……あのさ……メニューなんだけど」
トド松《まつ》「あっ！　チョロ松兄《まつにい》さん、鎮火《ちんか》したしコンロの火《ひ》をつけてもいいんじゃないかな？」
おそ松《まつ》「そうだぞチョロ松《まつ》！　コンロのスイッチそっち側《がわ》にあるんだからお前《まえ》が火加減《ひかげん》の管理係《かんりがかり》だからな！」
チョロ松《まつ》「ええ……めんどくさいな～も～」
トド松《まつ》「そう言《い》わずに～。お願《ねが》いチョロ松兄《まつにい》さん♪　それと追加《ついか》オーダーあったら言《い》ってね」
チョロ松《まつ》「それじゃあ僕《ぼく》は、豚《とん》トロと鶏《とり》モモにソーセージね」
トド松《まつ》「はーい。すみませーん！　オーダーいいですか？　豚《とん》トロに鶏《とり》モモにソーセージで。あっ！　チョロ松兄《まつにい》さん、鶏《とり》なんこつに、つくね焼《や》きなんてのもあるよ？」
チョロ松《まつ》「じゃあそれも追加《ついか》で」
カラ松《まつ》「ん？　なぜ牛肉《ぎゅうにく》を選《えら》ばないんだチョロ松《まつ》？」
チョロ松《まつ》「食《た》べたいからだけど」
トド松《まつ》「ボクは野菜《やさい》スティックにしようかな」
一松《いちまつ》「……自分《じぶん》のエゴを押《お》しつけるなよクソ松《まつ》。つーかトッティ……お前《まえ》、肉《にく》をぜんぜん頼《たの》んでなくない？」
トド松《まつ》「そんなことないよ一松兄《いちまつにい》さん。野菜《やさい》スティック大好《だいす》きだし。それじゃあ飲《の》み物《もの》のおかわり取《と》ってくるね」

〜残《のこ》り時間《じかん》五十分《ぷん》〜

おそ松《まつ》「ふー今何分《いまなんぷん》くらい？　けっこう食《た》べたんじゃない？」
チョロ松《まつ》「九十分《ぷん》の食《た》べ放題《ほうだい》で四十分《ぷん》だから、折《お》り返《かえ》しってとこだね。しかしまあ、おそ松兄《まつにい》さんが焼《や》くのに飽《あ》きてくれてほっとしてるよ。おかげでマイペースで食《た》べられたかも」

カラ松《まつ》「うっぷす……ホルモンってやつはかめばかむほど味《あじ》が出《で》るんだが……満腹中枢《まんぷくちゅうすう》も刺激《しげき》されまくりだ。ところでトッティ、そろそろオーダー係《がかり》を交代《こうたい》しようか？」

トド松《まつ》「ありがとう。けど気《き》にしなくっていいよ、カラ松兄《まつにい》さん。それより飲《の》み物《もの》のおかわりはどう？」

カラ松《まつ》「フッ……水分補給《すいぶんほきゅう》についてはノープロブレムだ。しかしトド松《まつ》、お前《まえ》のタレの皿《さら》……まっさらじゃないか？」

トド松《まつ》「あれ？　あ、ああ……そうだね」

カラ松《まつ》「やっぱり食《た》べてないじゃないか？　みんなのサポートばかりして……さあメニューをオレに預《あず》けて、お前《まえ》も存分《ぞんぶん》に焼《や》き肉《にく》を楽《たの》しんでくれ」

トド松《まつ》「大丈夫《だいじょうぶ》だから気《き》にしないで。あっメニューをひっぱらないでってば」

カラ松《まつ》「フン、そう言《い》うなトド松《まつ》。たまには甘《あま》えてもいいんだぜ？」

トド松《まつ》「いいからはなして！　放《ほう》っておいて！」

カラ松《まつ》「ど、どどど、どうしたんだトド松《まつ》？　突然《とつぜん》大《おお》きな声《こえ》を出《だ》して」
トド松《まつ》「え？　あ、ごめんね。急《きゅう》にカラ松兄《まつにい》さんがグイグイ来《き》たからびっくりしちゃって」
カラ松《まつ》「そ、そうか。すまなかったな。オレが心配《しんぱい》しなくとも、お前《まえ》も一人前《いちにんまえ》の男《おとこ》ってことか」
チョロ松《まつ》（――あいかわらず意味《いみ》がわからないなカラ松兄《まつにい》さんは。しかし、それはそれとして……やっぱりさっきからトド松《まつ》の行動《こうどう》がおかしい。メニューになにかあるのか？　けど……お腹《なか》がいっぱいになってきて、ああ……正直《しょうじき》もうどうでもいいや。本当《ほんとう》に焼《や》き肉《にく》って幸《しあわ》せな食《た》べ物《もの》だよなぁ）
トド松《まつ》「えーと、一松兄《いちまつにい》さんと十四松兄《じゅうしまつにい》さんは追加《ついか》のオーダーある？」
一松《いちまつ》「……おれはけっこう胃《い》の方《ほう》が限界《げんかい》かも……つうか十四松《じゅうしまつ》、この期《ご》におよんで寿司《すし》なんて絶対《ぜったい》に頼《たの》むなよ。人《ひと》が食《た》べてるのを見《み》るだけでヤバイから」
十四松《じゅうしまつ》「えっとー追加《ついか》でまぐろ！　イカ！　たまごにサーモン！　わさび抜《ぬ》きで！」
一松《いちまつ》「……言《い》ったそばから……お前《まえ》、炭水化物《たんすいかぶつ》ばっかりそんなに良《よ》く入《はい》るな」
十四松《じゅうしまつ》「えっ？　なに？　炭水化物《たんすいかぶつ》？　じゃあそれも追加《ついか》で！　わさび抜《ぬ》きで!?」

一松《いちまつ》「…………」

～残《のこ》り時間《じかん》二十分《ぷん》～

トド松《まつ》「みんなお腹《なか》いっぱいみたいだね」

おそ松《まつ》「そりゃそうだろ。俺《おれ》ひとりでカルビ十人前《にんまえ》は行《い》ったからな。つうか、お前《まえ》本当《ほんとう》にぜんぜん食《た》べてなくね？　さっきから注文《ちゅうもん》とか飲《の》み物《もの》のおかわりとか網替《あみか》えとかばっかじゃん」

カラ松《まつ》「まさか本当《ほんとう》に野菜《やさい》スティックだけで済《す》ませるつもりか!?」

トド松《まつ》「それでも良《よ》かったんだけど……ふふ、そろそろいいかな。すみませーん！　スマホのクーポンあるんで『選《えら》べる100品大満足《ぴんだいまんぞく》コース』の、おひとり様一皿限定《さまひとさらげんてい》の**高級《こうきゅう》霜降《しもふ》り和牛《わぎゅう》カルビサービスを6人分《にんぶん》**お願《ねが》いしますー！　あと網替《あみか》えと岩塩《がんえん》と生《なま》わさびとサンチュも追加《ついか》で」

みんな「「「「――!?」」」」

トド松《まつ》「あれ？　みんなどうしたの怖《こわ》い顔《かお》して」
おそ松《まつ》「おいトッティ！　なんだそのサービスは？」
トド松《まつ》「ほら、メニューのはしっこにもちっちゃく書《か》いてあるよ？　クーポン使《つか》えば一《いち》グループおひとり様《さま》一回《いっかい》だけ頼《たの》めるんだって」
チョロ松《まつ》「うわ、マジだ！　こんなの虫眼鏡《むしめがね》でも無《な》いと読《よ》めないレベルだよ……っていうか、お前《まえ》ええええええ!!」
一松《いちまつ》「……まさか、最初《さいしょ》からこの情報《じょうほう》を知《し》っていてメニューを隠《かく》してたのか……恐《おそ》ろしいやつ」
トド松《まつ》「みんなお腹《なか》いっぱいみたいだし、せっかくのサービスを残《のこ》すのももったいないから、高級霜降《こうきゅうしもふ》り和牛《わぎゅう》カルビはボクが食《た》べておくね」
カラ松《まつ》「トッティ……お前《まえ》には人《ひと》の心《こころ》が無《な》いのか!?　おお！　霜降《しもふ》り和牛《わぎゅう》が運《はこ》ばれてきたぞ！　まぶしすぎて直視《ちょくし》できん！　なんたるナイスミート！」
トド松《まつ》「わぁ！　食《た》べ放題《ほうだい》のお肉《にく》とはぜんぜん違《ちが》うね霜降《しもふ》り和牛《わぎゅう》って！　さすがにみんな別腹《べつばら》が発動《はつどう》しちゃうかな？」

おそ松《まつ》「畜生《ちくしょう》！　カルビの脂《あぶら》っこさのせいでコーラを飲《の》みすぎちまった」
チョロ松《まつ》「こっちもコーラの飲《の》みすぎで……こんなに美味《おい》しそうなのに、ぜんぜん！　箸《はし》がのびない!!　こまめな給水《きゅうすい》に加《くわ》えてメニューを独占《どくせん》。オーダー係《がかり》をしつつ、僕《ぼく》らが追加注文《ついかちゅうもん》したくなるよう仕向《しむ》けたのもこのためかトッティ!?」
十四松《じゅうしまつ》「いっただきまーす！」
おそ松《まつ》&《アンド》カラ松《まつ》&《アンド》チョロ松《まつ》&《アンド》一松《いちまつ》「「「「えっ!?」」」」
トド松《まつ》「ちょっ！　ちょっと十四松兄《じゅうしまつにい》さん……それ生《なま》だよ！」
十四松《じゅうしまつ》「いっただきまーす！」
トド松《まつ》「あ！　やめて！　いくら良《い》いお肉《にく》でも焼《や》かないと！」
十四松《じゅうしまつ》「いっただきまーす！」
トド松《まつ》「あああ！　十四松兄《じゅうしまつにい》さん吸《す》いこまないで！　高級霜降《こうきゅうしもふ》り和牛《わぎゅう》カルビは飲《の》み物《もの》じゃないから！」
十四松《じゅうしまつ》「うんまーい！　ごちそうさまでした！　あと追加《ついか》でソフトクリームと杏仁豆腐《あんにんどうふ》十人前《にんまえ》は行《い》けるね！」

カラ松《まつ》「十四松《じゅうしまつ》の胃袋《いぶくろ》はブラックホールってわけだ」
一松《いちまつ》「……そろそろラストオーダーの時間《じかん》だなトッティ。策士策《さくしさく》に溺《おぼ》れるってやつだ……フフ」
トド松《まつ》「あ、ああ……計画《けいかく》が……この焼《や》き肉食《にくた》べ放題《ほうだい》で一番《いちばん》の勝《か》ち組《ぐみ》になるはずだったのに」
おそ松《まつ》「そういうこと考《かんが》えてるからお前《まえ》はダメなんだよトド松《まつ》。好《す》きなものを好《す》きに食《た》べればいいんだって」
十四松《じゅうしまつ》「そうだよトッティ！　じゃあ、ぼくは……カルビあと二十人前《にんまえ》！」
みんな「「「「まだ食《た》べるの（かよ）!?」」」」

女《おんな》の子《こ》と仲《なか》良《よ》くなろう！！

6つ子《むつご》の部屋《へや》に、おそ松《まつ》とカラ松《まつ》とチョロ松《まつ》の姿《すがた》があった。おそ松《まつ》は本棚《ほんだな》の前《まえ》であぐらをかきながら、読《よ》みあきた漫画《まんが》を所在《しょざい》なげにぺらぺらめくる。

「なあ、一松《いちまつ》たちどこ行《い》ったの？」

チョロ松《まつ》がアルバイト情報誌《じょうほうし》を手《て》にして言《い》う。

「たしか猫野球《ねこやきゅう》カフェに行《い》くって言《い》ってたよ」

窓《まど》の桟《さん》に腰掛《こしか》けて、カラ松《まつ》が遠《とお》い目《め》をした。

「フッ……猫《ねこ》は一松《いちまつ》、野球《やきゅう》は十四松《じゅうしまつ》、カフェはトド松《まつ》の好《す》きなものだな」

どうりで誘《さそ》われなかったのだ。おそ松《まつ》はどさっと部屋《へや》の真《ま》ん中《なか》に仰向《あおむ》けで倒《たお》れて大《だい》の字《じ》になった。

「あーーくっっっっっっっっそひますぎる。俺《おれ》たちも出《で》かけようぜ。そうだ！　街《まち》に出《で》て女《おんな》の子《こ》と仲良《なかよ》くしに行《い》こう！　二人《ふたり》とも女《おんな》の子《こ》好《す》きだろ？」

カラ松《まつ》が窓《まど》の桟《さん》から腰《こし》を上《あ》げて、部屋《へや》の真《ま》ん中《なか》でポーズを決《き》めた。

「フッ……よし行《い》こうブラザー！　……今《いま》から会《あ》いに行《い》くぜカラ松《まつ》ガールズ！」

チョロ松《まつ》はいまいち乗《の》り気《き》じゃなさそうだ。

「僕《ぼく》は別《べつ》にいいよ」

おそ松《まつ》がぽんぽんっと、やさしく三男《なん》の肩《かた》をたたいて笑《わら》う。

「遠慮《えんりょ》すんなって！　俺《おれ》も協力《きょうりょく》するからさ。ちなみにチョロ松《まつ》はどんな女《おんな》の子《こ》が好《す》きなんだ？」

チョロ松《まつ》はあご先《さき》を親指《おやゆび》と人差《ひとさ》し指《ゆび》ではさむようにして、悩《なや》むようなそぶりを見《み》せながら口《くち》を開《ひら》いた。

「うーん、やっぱり外見《がいけん》よりも内面《ないめん》で、フィーリングがぴったり合《あ》う人《ひと》かな。同《おな》じ趣味《しゅみ》で盛《も》りあがれるといいよね。それに、あんまり外見《がいけん》が良《よ》すぎるとプライドも高《たか》そうだし。だから、最終的《さいしゅうてき》には自分《じぶん》を愛《あい》してくれる人《ひと》を好《す》きになると思《おも》うよ……うん」

かなり自分勝手《じぶんかって》な理想像《りそうぞう》だ。カラ松《まつ》はカラ松《まつ》で、この世《よ》の女《おんな》の子《こ》はみんな自分《じぶん》にほれてくれると思《おも》いこんでいる。

おそ松《まつ》はビシッと二人《ふたり》の顔《かお》を交互《こうご》に指《ゆび》さした。

「カラ松《まつ》もチョロ松《まつ》も相手任《あいてまか》せすぎるぞ！　そんなんだからお前《まえ》たちにはいつまでたっても彼女《かのじょ》ができないんだよ！」

カラ松《まつ》が前髪《まえがみ》を軽《かる》く手《て》ぐしでかきあげた。

「彼女《かのじょ》ができないのはお前《まえ》も同《おな》じじゃないか、おそ松《まつ》?」

チョロ松《まつ》がうんうんとうなずいた。

「一周回《いっしゅうまわ》った発言《はつげん》だったね、おそ松兄《まつにい》さん」

「俺《おれ》はお前《まえ》たちとは違《ちが》うから! 見知《みし》らぬ女《おんな》の子《こ》でも声掛《こえか》けたりできるし。自分《じぶん》から出会《であ》いをもとめていけるっつーの。というわけで、二人《ふたり》とも手本《てほん》を見《み》せてやるからついてこい」

意気揚々《いきようよう》と胸《むね》を張《は》るおそ松《まつ》に、チョロ松《まつ》は「ハァ……まあどうせうまくいかないんだろうけどね」と、あきらめたようにつぶやいた。

人通《ひとどお》りの多《おお》い駅前《えきまえ》で、さっそく道行《みちゆ》く女《おんな》の子《こ》に声《こえ》を掛《か》けて仲良《なかよ》くなる作戦《さくせん》が開始《かいし》された。

トップバッターは言《い》いだしっぺのおそ松《まつ》だ。

「ねえねえそこの彼女《かのじょ》! 俺《おれ》と遊《あそ》ばない? あ! そっちの彼女《かのじょ》もどう? あれ? ちょっと待《ま》ってよ、なんで無視《むし》するわけ? じゃあ君《きみ》でいいや。いや、別《べつ》にいいやっていっても妥協《だきょう》したわけじゃなくて……イテテ!」

三人《にん》同《どう》時《じ》に声《こえ》を掛《か》けて、三人《にん》目《め》に平《ひら》手《て》打《う》ちを食《く》らうと、おそ松《まつ》はすごすごとカラ松《まつ》たちのもとにもどってきた。

チョロ松《まつ》が肩《かた》を落《お》とす。

「なんで三人《にん》同《どう》時《じ》に声《こえ》掛《か》けちゃうかな」

おそ松《まつ》がほっぺたをさすりながら胸《むね》を張《は》る。

「ほら、お前《まえ》たちの分《ぶん》まで確《かく》保《ほ》してやろうと思《おも》って」

チョロ松《まつ》が「どこから出《で》てくるのその自《じ》信《しん》？」と率《そっ》直《ちょく》な感《かん》想《そう》を述《の》べた。おそ松《まつ》は鼻《はな》の下《した》あたりを人《ひと》差《さ》し指《ゆび》でこするようにしながら「いやー照《て》れるなぁ」と、なぜかご満《まん》悦《えつ》だ。

「ハア……別《べつ》に褒《ほ》めてないからね。あーあ、やっぱり僕《ぼく》らには無理《むり》なんだよ」

そんなチョロ松《まつ》の背中《せなか》をバンバンたたいて、おそ松《まつ》は気合《きあ》いを注入《ちゅうにゅう》する。

「あきらめるなってチョロ松《まつ》！　お前《まえ》ひとりじゃ無理《むり》っていうなら、俺《おれ》とカラ松《まつ》もいっしょにやる。次《つぎ》は三人《にん》、力《ちから》を合《あ》わせるんだ」

カラ松《まつ》も乗《の》り気《き》だ。

「そうだぜブラザー。三人《にん》よればなんとやら……だろ？」

まだチョロ松《まつ》はうじうじっとしている。

弱気《よわき》なチョロ松《まつ》をおそ松《まつ》とカラ松《まつ》が両《りょう》サイドからはさむようにして、三人《にん》はスクラムを組《く》んで女《おんな》の子《こ》に突撃《とつげき》した。いざ、動《うご》きだしてしまうと、チョロ松《まつ》も言《い》い訳《わけ》ばかりではいられない。

「へいそこの彼女《かのじょ》！」

「オレたちと」

「あ、あ、あの……もももももしよろしければお茶《ちゃ》なんかいかがですか？」

言《い》いよられた女《おんな》の子《こ》は笑顔《えがお》で三人《にん》に返《かえ》した。

「あ、そういうの間《ま》にあってますー」

女《おんな》の子《こ》は三人《にん》を避《さ》けるようにして行《い》ってしまった。チョロ松《まつ》がますます肩《かた》を落《お》とす。

「ほらね。こうなることくらいわかってたから」

失敗《しっぱい》にめげるどころか、今《いま》のはノーカンとばかりにおそ松《まつ》は笑《わら》った。

「大丈夫《だいじょうぶ》大丈夫《だいじょうぶ》！　きっと三人《にん》で押《お》しよせたのがマズかったんだよ。まだ試《し》合《あい》ははじまったばっかりだぜ？」

チョロ松《まつ》が「いや、試《し》合《あい》ってなんの？」と、ツッコミを入《い》れたのだが、おそ松《まつ》は握《にぎ》った拳《こぶし》の親指《おやゆび》を立《た》ててみせるばかりだ。

カラ松《まつ》がそっとチョロ松《まつ》の手《て》を両手《りょうて》で包《つつ》むように握《にぎ》った。

「安心《あんしん》しろ。次《つぎ》はオレがお前《まえ》の仇《かたき》を討《う》ってやるさ」

チョロ松《まつ》は腕《うで》をふりはらった。

「そのやさしさが気持《きも》ち悪《わる》いから！　っていうか、仇討《かたきう》ちってなんなの？　死《し》んでないからね！」

カラ松《まつ》はビシッと指《ゆび》さした。黒《くろ》いワンピース姿《すがた》の美女《びじょ》が街頭《がいとう》に立《た》っている。どことなく

はかなげで、神秘的《しんぴてき》な雰囲気《ふんいき》だ。おそ松《まつ》が敬礼《けいれい》しながら言《い》う。

「標的《ひょうてき》を確認《かくにん》した。相手《あいて》はかなりの美人《びじん》さんだぞ!?　死《し》ぬ気《き》かカラ松《まつ》？」

カラ松《まつ》はサングラスを掛《か》けなおすと口元《くちもと》をゆるませる。

「フッ……壁《かべ》っていうのは高《たか》ければ高《たか》いほど越《こ》える価値《かち》があるんだ」

肩《かた》で風《かぜ》を切《き》りながら、カラ松《まつ》は美女《びじょ》のもとへと歩《あゆ》みよった。

すると——

「あら、なんて素敵《すてき》な方《かた》。あの、もし良《よ》かったら私《わたし》と少《すこ》しお話《はな》ししませんか？」

カラ松《まつ》はサングラスを外《はず》すと、じっと美《び》女《じょ》の顔《かお》を見《み》つめた。美《うつく》しい。まるで高原《こうげん》に咲《さ》いた一輪《いちりん》の花《はな》のようだ。

しかも、カラ松《まつ》が声《こえ》を掛《か》ける前《まえ》に、美《び》女《じょ》の方《ほう》から誘《さそ》ってきたのである。

カラ松《まつ》はサングラスのツルのはしを軽《かる》くかんでみせた。

「フッ……どうやら運命《うんめい》の星《ほし》がめぐりだしたようだな。いいだろう、少《すこ》しだけなら話《はなし》を聞《き》いてやろうじゃないか」

美《び》女《じょ》に誘《いざな》われるまま、カラ松《まつ》は歩《ある》きだした。その後《うし》ろを少《すこ》し距《きょ》離《り》を取《と》っておそ松《まつ》とチョロ松《まつ》がついていく。

おそ松《まつ》が愕《がく》然《ぜん》とした顔《かお》で、小《こ》声《ごえ》でつぶやいた。

「ウソだろ？　なんであんな美《び》人《じん》と……つーか、カラ松《まつ》のやつなんもしてなくね？　声《こえ》すら掛《か》けてないのに逆《ぎゃく》ナンとかってマジか？」

チョロ松《まつ》もうんうんと首《くび》を縦《たて》にふる。

「あ、あり得《え》ないよ、おそ松《まつ》兄《にい》さん……あっ！　喫《きっ》茶《さ》店《てん》に入《はい》っていくよ！」

「くっそー！　カラ松《まつ》に限《かぎ》ってどうしてこんなことに!?」

二人《ふたり》はポストの裏《うら》に隠《かく》れるようにして、外《そと》から喫茶店《きっさてん》の中《なか》の様子《ようす》をうかがうことにした。

入《い》り口《ぐち》のドアベルがカランカランと乾《かわ》いた音《おと》を立《た》てた。

店員《てんいん》に案内《あんない》されて窓際《まどぎわ》のテーブル席《せき》につくと、カラ松《まつ》と対面《たいめん》するように美女《びじょ》も座《すわ》った。

美女《びじょ》がコーヒーを二《ふた》つ注文《ちゅうもん》する。

「もしかして紅茶党《こうちゃとう》でした？」

「今《いま》はなにを飲《の》むかよりも、誰《だれ》と飲《の》むかが重要《じゅうよう》だからな。それで話《はなし》っていうのは？」

美女《びじょ》はニッコリと愛《いと》おしそうに目《め》を細《ほそ》める。

「一目《ひとめ》見《み》た瞬間《しゅんかん》から、貴方《あなた》のことがとっても素敵《すてき》に見《み》えてしまって。こういうのって運命《うんめい》の出会《であ》いっていうんじゃないかなって。どこかでお会《あ》いしたことありましたっけ？」

「さあな。あいにく過去《かこ》はどこかに置《お》きわすれてきたんだ」

ブラックコーヒーの香《かお》りを吸《す》いこみながら、カラ松《まつ》はポエムじみた返答《へんとう》をする。が、美《び》女《じょ》は引《ひ》くどころか瞳《ひとみ》を潤《うる》ませた。

「もしかして……私《わたし》たちってこの時代《じだい》よりもずっと昔《むかし》の……それこそ前世《ぜんせ》に出会《であ》っていた

のかもしれませんね」

「輪廻《りんね》ってやつか……偶然《ぐうぜん》の再会《さいかい》は神《かみ》の粋《いき》な計《はか》らいか……はたまた悪魔《あくま》のワナか……」

「もしかしたら、前世《ぜんせ》において、貴方《あなた》も私《わたし》も同《おな》じ目的《もくてき》を持《も》った同志《どうし》だったのかもしれません。ううん、きっとそうです。だからそれを……たしかめさせていただけませんか？」

サングラスを外《はず》すと、カラ松《まつ》がじっと美《び》女《じょ》を見《み》つめる。

「どうやって？　おっと、キスで目覚《めざ》めるのはお姫様《ひめさま》と相場《そうば》が決《き》まってるんだが……それくらいでオレの前世《ぜんせ》の記憶《きおく》がよみがえるとは……」

カラ松《まつ》の言葉《ことば》をさえぎって美女《びじょ》は告《つ》げた。

「手相《てそう》を見《み》せていただけませんか？」

「あ、ああ……手相《てそう》か。いいだろう。さあ見《み》てくれ！」

右手《みぎて》を差《さ》しだすと、美女《びじょ》はそっとカラ松《まつ》の手《て》を両手《りょうて》で開《ひら》くようにした。美女《びじょ》に手《て》を触《ふ》れられているという事実《じじつ》に、カラ松《まつ》の心臓《しんぞう》が高鳴《たかな》る。さとられないよう、ぐっと抑《おさ》えた口《くち》ぶりでカラ松《まつ》は聞《き》く。

「オレの手《て》に〝答《こた》え〟は見《み》つかったか？」

美女《びじょ》はそっとカラ松《まつ》の手《て》をはなすと、悲《かな》しげにつぶやいた。

「ええ……ですが……せっかく再会《さいかい》できたのに……貴方《あなた》……死《し》んでしまうなんて」

「え？」

「このままでは貴方《あなた》は確実《かくじつ》に死《し》んでしまうわ」

「な、なんだって!?」

「けど、大丈夫《だいじょうぶ》よ安心《あんしん》して。私《わたし》がついているから。仲間《なかま》のひとりとここで合流《ごうりゅう》する予定《よてい》なの。彼《かれ》ならきっと、貴方《あなた》の命《いのち》を救《すく》ってくれるはずよ」

カラ松《まつ》は席《せき》から立《た》ちあがった。

「ちょ、ちょっと待《ま》ってくれ。オレが死《し》ぬってどういうことだ？　仲間《なかま》ってなんだ!?」

カランカラン……と、入《い》り口《ぐち》のドアベルが音《おと》を立《た》てた。スーツを着《き》こんだ大男《おおおとこ》が、現金《げんきん》輸送《ゆそう》などで使《つか》う銀《ぎん》ピカのジュラルミンケースを手《て》に、窓際《まどぎわ》の席《せき》までやってくる。

「やあジョディ。どうやら彼《かれ》も同志《どうし》なのだね？」

見《み》た目《め》はいかついわりに、男《おとこ》の口《くち》ぶりは丁寧《ていねい》だ。

「よかった無事合流《ぶじごうりゅう》できて。ええと……彼《かれ》はマイケル。貴方《あなた》の命《いのち》を救《すく》ってくれるわ」

あきらかに見《み》た目《め》が日本人《にほんじん》だが、マイケルと呼《よ》ばれた大男《おおおとこ》はテーブルの上《うえ》にケースを置《お》いて開《ひら》く。

そこから青《あお》い宝石《ほうせき》（？）をつまみ上《あ》げると、美女《びじょ》はカラ松《まつ》の目《め》の前《まえ》に差《さ》しだした。

「これがヒーリングストーン524よ。どう？　貴方《あなた》ならきっと、この石《いし》からあふれでるパワーを感《かん》じとれるはず。この石《いし》を肌身《はだみ》はなさず持《も》ちつづければ、癒《い》やしのパワーが貴方《あなた》の心《こころ》と体《からだ》を健康《けんこう》なものにしてくれるの。同時《どうじ》に前世《ぜんせ》の記憶《きおく》もよみがえるわ」

カラ松《まつ》は唾《つば》をゴクリと呑《の》みこんだ。

「そ、そんな……馬鹿《ばか》な……」

「ウソじゃないわ。ヒーリングストーンを持《も》っているだけで、幸運《こううん》が押《お》しよせるようになるの。当《あ》たりつきのアイスを何本《なんぼん》食《た》べても当《あ》たりの棒《ぼう》しか出《で》なくなる……なんていうのはほんの一例《いちれい》。骨折《こっせつ》も三日《みっか》あれば治《なお》るし、脳細胞《のうさいぼう》が活性化《かっせいか》して、頭《あたま》まで良《よ》くなるんだから。受験《じゅけん》するだけで有名大学《ゆうめいだいがく》受かり放題《ほうだい》ね。それに就職《しゅうしょく》も有利《ゆうり》になるの。一流企業《いちりゅうきぎょう》からオファー殺到《さっとう》まちがいなし」

返《かえ》す言葉《ことば》もないカラ松《まつ》に、美女《びじょ》はほんのりとほっぺたを赤《あか》くした。

「ちょっと恥《は》ずかしいのだけど、ヒーリングストーンには異性《いせい》にモテる効果《こうか》もあって……もし、貴方《あなた》がこの石《いし》を持《も》ってくれたらって想像《そうぞう》するだけで、私《わたし》の胸《むね》のドキドキが収《おさ》まらないのよ。せ、責任《せきにん》取《と》ってよね」

いつの間《ま》にか大男《おおおとこ》がペンと書類《しょるい》をカラ松《まつ》の前《まえ》に差《さ》しだしていた。美女《びじょ》がせき払《ばら》いをはさみ、書類《しょるい》を手《て》にして続《つづ》ける。

「えー……コホン！　ともかく、あまりの効能《こうのう》にヒーリングストーンは世界中《せかいじゅう》の諜報機関《ちょうほうきかん》に目《め》を付《つ》けられているくらいなんだから。前世《ぜんせ》で同志《どうし》だった貴方《あなた》にだけは、特別《とくべつ》に譲《ゆず》って

あげたいの。持《も》っているだけで金運《きんうん》も爆上《ばくあ》がり。宝《たから》くじなんて買《か》ったら一等《いっとう》しか出《で》ないといわれているわ。そのお金《かね》で返済《へんさい》してくれれば、つまり、ほとんどタダで手《て》に入《い》れたも同然《どうぜん》よね？　それでお値段《ねだん》は普段《ふだん》だと一億円《おくえん》のところを、今回《こんかい》は運命《うんめい》の出会《であ》い特別記念《とくべつきねん》セールということで百万円《ひゃくまんえん》でお譲《ゆず》りしたいと思《おも》うの。そこでお支払《しはら》いの方法《ほうほう》なんだけど、金利手数料《きんりてすうりょう》はこちらが負担《ふたん》するので分割払《ぶんかつばら》いが……」

カラ松《まつ》は立《た》ったままカップを手《て》にして、コーヒーをぐいっと一気《いっき》に飲《の》みほすと、ソーサーにもどして声《こえ》を張《は》る。

「だ、だだだ大丈夫《だいじょうぶ》です！　間《ま》にあってま

すから!」

大男《おおおとこ》をかいくぐり、カラ松《まつ》は泣《な》きながら喫茶店《きっさてん》から逃亡《とうぼう》するのだった。

おそ松《まつ》たちのもとにもどるなり、喫茶店《きっさてん》前《まえ》から駅前《えきまえ》に逃《に》げるように移動《いどう》しながら、カラ松《まつ》は二人《ふたり》に報告《ほうこく》する。

「フッ……あやうく妙《みょう》なものを売《う》りつけられるところだった」

すぐにおそ松《まつ》が「気《き》にするなって! つーか、ちょっとおもしろかったし」と笑《わら》いとばす。そのとなりでチョロ松《まつ》が眉間《みけん》のあたりを指《ゆび》でつまみながら、長《なが》めのため息《いき》を吐《は》いた。

「ハァ〜〜っ……外《そと》から見《み》てたけどひどかったね。そうそううまい話《はなし》なんてないんだよ。やっぱり無理《むり》だよ僕《ぼく》らだけじゃ」

おそ松《まつ》が空《そら》を見上《みあ》げる。

「俺《おれ》たちだけじゃって……一松《いちまつ》や十四松《じゅうしまつ》がいても大差《たいさ》ないだろ。あ！　けどトッティは戦《せん》力《りょく》になるかもな」

カラ松《まつ》がふるえる手《て》でサングラスを眼鏡《めがね》ふきでみがきながらうなずいた。まだ少《すこ》しだけ詐欺《さぎ》のショックを引《ひ》きずっているようだ。

「あ、ああ……やつはなぜか女子《じょし》といっしょにいることがある。謎《なぞ》だ」

おそ松《まつ》は視線《しせん》を地面《じめん》に向《む》けると、落《お》ちていた空《あ》き缶《かん》を軽《かる》く蹴《け》っとばす。

「そうなんだよ！　あいつだけ妙《みょう》に女《おんな》の子《こ》との接点《せってん》があるんだよな！」

カラ松《まつ》がおそ松《まつ》の肩《かた》に軽《かる》く手《て》をそえた。

「そう熱《あつ》くなるな、おそ松《まつ》。きっとトド松《まつ》はオレたちに見《み》えないところで努力《どりょく》してるんだ。そこは認《みと》めてやろうぜ」

「あいつがどれだけ努力《どりょく》したって、顔《かお》はいっしょじゃんかよ！　俺《おれ》たち6つ子《むつご》だろ！　トド松《まつ》も平等《びょうどう》に女《おんな》の子《こ》との接点《せってん》が無《な》くなるべきだ！　でなきゃ全員《ぜんいん》モテるべきだ！」

自分勝手《じぶんかって》な不満《ふまん》の声《こえ》を上《あ》げたおそ松《まつ》の前《まえ》に、駅《えき》の方《ほう》から同《おな》じ顔《かお》が三《みっ》つ、並《なら》んでやってきた。

「……やっぱ猫《ねこ》っていいよな。癒《い》やされる。アメショ……ペルシャ……三毛《みけ》……マンチカン……スコ……シャム……ロシアンブルー……フフッ」

「野球最高《やきゅうさいこう》‼　アハハ‼　ヒットエンドラーン！」

「思《おも》ってたより、ちゃんとカフェだったね一松兄《いちまつにい》さん、十四松兄《じゅうしまつにい》さん。カフェラテもエスプレッソマシンでクレマしてたし」

順《じゅん》に、一松《いちまつ》、十四松《じゅうしまつ》、トド松《まつ》だ。三人《にん》は猫野球《ねこやきゅう》カフェの帰《かえ》りらしい。それぞれ満足《まんぞく》したようで楽《たの》しげだった。

一松《いちまつ》がつぶやく。

「……なにやってんの？」

カラ松《まつ》がサングラスを投《な》げすてた。じっと一松《いちまつ》を見《み》つめて告《つ》げる。

「おおブラザー！　オレたちのピンチにかけつけてくれたんだな？　たえがたい悲《かな》しみは

今《いま》、再会《さいかい》のよろこびに変《か》わったぞ一松《いちまつ》！」

「……そういうのいいから。つうか、なに？　どういう集《あつ》まり？」

一松《いちまつ》の視線《しせん》がチョロ松《まつ》に向《む》いて説明《せつめい》をもとめた。チョロ松《まつ》は言《い》いにくそうだ。

「え、ええと……なんていうか、おそ松兄《まつにい》さんがどうしてもって言《い》うから……その」

トド松《まつ》が状況《じょうきょう》を察《さっ》した。

「あ！　わかった。もしかして、三人《にん》でナンパしようとして失敗《しっぱい》したんでしょ？」

図星《ずぼし》をつかれてチョロ松《まつ》が固《かた》まった。十四松《じゅうしまつ》は「ええ！　ナンパ!!　ナンパしてたのおそ松兄《まつにい》さんたち!?」と、ますますハイテンションだ。

おそ松《まつ》がトド松《まつ》の顔《かお》を指《ゆび》さした。

「べ、別《べつ》にまだ失敗《しっぱい》に終《お》わったわけじゃないかんな！　つーかなんだよ一松《いちまつ》も十四松《じゅうしまつ》もトド松《まつ》も楽《たの》しそうでさ！　お兄《にい》ちゃんたちはこんなに辛《つら》い目《め》にあってるっていうのに！」

トド松《まつ》が口《くち》を「ω」にさせた。

「んもー。自分《じぶん》たちから辛《つら》い目《め》にあいに行《い》ってるんでしょ？」

一松《いちまつ》がため息《いき》を吐《つ》く。

「……ハァ。今日《きょう》はおれたちは充分《じゅうぶん》に楽《たの》しんだし、いいから帰《かえ》ろう」

面倒《めんどう》ごとに巻《ま》きこまれそうだと、一松《いちまつ》は察知《さっち》して逃《に》げる算段《さんだん》だ。だが、おそ松《まつ》に回《まわ》りこまれてしまった。

「待て一松《いちまつ》。俺《おれ》たちひとりひとりの力《ちから》は小《ちい》さいものかもしれない。けど、6人《にん》が一丸《いちがん》となれば、女の子《おんなのこ》と仲良《なかよ》くなれるかもしれないんだ！」

一松《いちまつ》は眉間《みけん》にしわをよせた。

「……いや、別《べつ》にいいよ面倒《めんどう》くさい。それに6人《にん》でどーすんの？　女の人《おんなのひと》ひとりに6人《にん》がかりとかさ……犯罪《はんざい》じゃね？」

まさかの正論《せいろん》にもおそ松《まつ》は屈《くっ》しない。

「それなら6人同士《にんどうし》のグループ交際《こうさい》！　これなら文句無《もんくな》しだろ!?」

カラ松《まつ》もうなずいた。

「さっきからうまく行《い》かなかったのも、人数《にんずう》がかみあっていなかったからなんだ。さがすしかない！　女の子《おんなのこ》の6人組《にんぐみ》を！　そして今日《きょう》、同《おな》じ6人組《にんぐみ》でいたことの偶然《ぐうぜん》が、神様《かみさま》からのサプライズだったと言《い》えば、きっと相手《あいて》も感《かん》じてくれるはずだ……ディスティニーという名《な》の運命《うんめい》の出会《であ》いだと!!」

トド松《まつ》がもう一度《いちど》、口《くち》を「ω」にさせて笑《わら》った。

「っていうか女《おんな》の子《こ》の6人組《にんぐみ》なんてそうそういないって」

チョロ松《まつ》があたりをぐるっと見回《みまわ》してから報告《ほうこく》する。

「えっと……女《おんな》の子《こ》って言《い》っていいのかな」

チョロ松《まつ》の指《さ》ししめした先《さき》には、下校中《げこうちゅう》の女子高生《じょしこうせい》と、買《か》い物中《ものちゅう》に井戸端会議《いどばたかいぎ》が盛《も》りあがっている主婦《しゅふ》の一団《いちだん》があった。

おそ松《まつ》がニヤリと笑《わら》う。

「年上《としうえ》と年下《としした》、どっちに行《い》く？」

一松《いちまつ》以外《いがい》の兄弟《きょうだい》たちが声《こえ》をそろえた。

「「「「「行《い》かないから!」」」」」

その声《こえ》にかき消《け》されるように一松《いちまつ》がぼそりとつぶやく。

「……6人《にん》よってもクズはクズ」

6つ子《むつご》が女《おんな》の子《こ》と仲良《なかよ》くできる日《ひ》は、まだまだやってきそうにない。

肝《きも》試《だめ》し

プロローグ

町《まち》をはなれた森《もり》の奥《おく》、今《いま》は誰《だれ》も足《あし》を踏《ふ》みいれることのない廃工場《はいこうじょう》をめざす、おそ松《まつ》たち6つ子《むつご》の姿《すがた》があった。

夕日《ゆうひ》はほとんど沈《しず》み、あたりが真《ま》っ暗《くら》になるのも時間《じかん》の問題《もんだい》だ。

どこからか聞《き》こえる夏《なつ》の虫《むし》の声《こえ》も、だんだんと静《しず》かになっていった。

外灯《がいとう》は無《な》い。6つ子《むつご》たちに与《あた》えられたのは懐中電灯《かいちゅうでんとう》が三本《ぼん》だけだ。

目《め》の前《まえ》に広《ひろ》がる森《もり》はただただ不気味《ぶきみ》だった。6人《にん》を呑《の》みこもうと、ぽっかり口《くち》を開《あ》けている。そんな森《もり》の入《い》り口《ぐち》から、廃工場《はいこうじょう》へと続《つづ》く一本道《いっぽんみち》はうねる蛇《へび》のようで、遠目《とおめ》に工場《こうじょう》の建物《たてもの》が見《み》えた。

トド松《まつ》がおそ松《まつ》の服《ふく》のすそをぎゅっとつかんで涙目《なみだめ》になる。

「やっぱやめようよおそ松兄《まつにい》さん」

おそ松《まつ》はニヤリと笑《わら》った。

「なんだよトド松《まつ》？　ビビッてんのか？」

カラ松《まつ》がサングラスを外《はず》してキメ顔《がお》で瞳《ひとみ》を輝《かがや》かせた。

「大丈夫《だいじょうぶ》だぜトッティ。オレたちみんながついてるんだから」

チョロ松《まつ》が腕組《うでぐ》みをするとカラ松《まつ》にツッコミを入《い》れる。

「これって二人《ふたり》一組《ひとくみ》なんでしょ？　懐中電《かいちゅうでん》灯《とう》も三本《ぼん》だし」

十四松《じゅうしまつ》は暗《くら》かろうがなんだろうが、マイペースで持参《じさん》したバットで素振《すぶ》りをしている。

「野球《やきゅう》!?　ナイトゲームかな？」

一松《いちまつ》がぼそりと返《かえ》した。

「……いや肝試《きもだめ》しだから。まさかモニターに当選《とうせん》するとは思《おも》わなかったけど」

発端《ほったん》は、おそ松《まつ》の「遊《あそ》んでできるアルバイトがしたい」という一言《ひとこと》だった。この夏《なつ》、開催《かいさい》される町《まち》おこしの一環《いっかん》のイベントのモニターに選《えら》ばれたのだ。

参加者《さんかしゃ》は現場《げんば》に来《き》ただけで、ゴールしようが失敗《しっぱい》しようがリタイアしようが、お食事券《しょくじけん》が参加賞《さんかしょう》として贈呈《ぞうてい》されるらしい。しかもクリアすれば焼《や》き肉食《にくた》べ放題《ほうだい》にグレードアップだ。タダで焼《や》き肉《にく》を食《た》べられる上《うえ》に、肝試《きもだめ》しも楽《たの》しめるなんてオトクじゃん！　という、強引《ごういん》なおそ松《まつ》の一存《いちぞん》で兄弟全員参加《きょうだいぜんいんさんか》となったのだ。

チョロ松《まつ》があご先《さき》を指《ゆび》で軽《かる》くはさんで思案《しあん》するような仕草《しぐさ》をしてみせた。

「今回《こんかい》の肝試《きもだめ》しで僕《ぼく》らがすることは、森《もり》を抜《ぬ》けて廃工場《はいこうじょう》に入《はい》り、工場《こうじょう》の一番奥《いちばんおく》にある神棚《かみだな》にお札《ふだ》を置《お》いてもどってくる……ってことだね」

カラ松《まつ》が肩《かた》を軽《かる》く上下《じょうげ》にゆらす。

「フン。ずいぶん楽《らく》そうなミッションじゃないか？」

トド松《まつ》が青《あお》い顔《かお》をした。

「そ、そうだけど……問題《もんだい》は誰《だれ》といっしょに行《い》くかだよね。うん……べ、別《べつ》に怖《こわ》いとか思《おも》わないけどさ……っていうか、一組《ひとくみ》くらい行《い》かなくてもよくない？」

十四松《じゅうしまつ》がバットで素振《すぶ》りをはじめる。

「ぼくはいつでも準備《じゅんび》できてるよ！　**ハッスルハッスル！　マッスルマッスル!!**」

一松《いちまつ》がジトッとした目《め》でつぶやいた。

「……肝試《きもだめ》しって……子供《こども》じゃあるまいし」

クリアしたらもらえる賞品《しょうひん》の焼《や》き肉《にく》で釣《つ》ったとはいえ、いまいち乗《の》り気《き》じゃない兄弟《きょうだい》もいるようだ。おそ松《まつ》はゆっくり息《いき》を吐《は》いてから全員《ぜんいん》に告《つ》げた。

「つうかさ、肝試《きもだめ》しっていうけど……実《じつ》は去年《きょねん》、本物《ほんもの》が出《で》たらしいんだよ」

一松《いちまつ》がおそ松《まつ》をにらみつけた。

「……ハァ？　本物《ほんもの》って……そうやっておれたちを騙《だま》そうとしてるんだろ？」

「いやいや、化《ば》け猫《ねこ》が出《で》たらしいんだよ。廃工場《はいこうじょう》で猫《ねこ》の声《こえ》がしたって……で、しかけ人《にん》に化《ば》け猫役《ねこやく》がいなかったって、後《あと》になってわかったんだ」

「……ただの噂《うわさ》でしょ。けどまあ……化《ば》け猫《ねこ》か……いるなら正体《しょうたい》をあばいてやるのもいいかもな……フフ」

少《すこ》しだけ一松《いちまつ》はやる気《き》を出《だ》したようだ。おそ松《まつ》は続《つづ》けた。

「まだあるんだぜ……なんか夏《なつ》なのに、森《もり》の中《なか》で急《きゅう》に寒《さむ》くなったって話《はなし》もあってさ。あんまり寒《さむ》いんで引《ひ》きかえしてきた参加者《さんかしゃ》が、まるで冷凍庫《れいとうこ》にでも閉《と》じこめられてたみたいに、本当《ほんとう》に冷《つめ》たくなってたんだ。その人《ひと》たち凍傷寸前《とうしょうすんぜん》だったって……もしかして雪女《ゆきおんな》かも」

トド松《まつ》がブルブルふるえた。

「も、もう！　そうやって盛《も》りあげなくてもいいから！　っていうか帰《かえ》ろうよぉ」

すっかり末《すえ》っ子《こ》はおびえてしまった。やりすぎたかもと思《おも》いながらも、おそ松《まつ》は最後《さいご》のとっておきを見《み》せる。

それは一枚《まい》のインスタント写真《しゃしん》だった。

「んで、これが去年《きょねん》のに参加《さんか》したトト子《こ》ちゃんね。森《もり》を背景《はいけい》に写真撮《しゃしんと》ったんだけど……」

手前側《てまえがわ》でピースしているトト子《こ》……その後《うし》ろにうっすらと、人《ひと》の顔《かお》が写《うつ》っている。

輪郭《りんかく》がふわっとぼやけてはいるのだが、その顔《かお》には全員《ぜんいん》、見覚《みおぼ》えがあった。チョロ松《まつ》が写真《しゃしん》と十四松《じゅうしまつ》の顔《かお》を交互《こうご》に見比《みくら》べる。

「えっ……これって十四松《じゅうしまつ》？　あ、いや見《み》ようによっては僕《ぼく》かもしれないし、おそ松兄《まつにい》さんにも見《み》えなくもないけど」

森《もり》の中《なか》に浮《う》かんだ顔《かお》は6つ子《むご》とそっくりだった。ただ、口《くち》を大《おお》きく開《ひら》いていて、瞳《ひとみ》をらんらんと輝《かがや》かせている表情《ひょうじょう》から、どことなく十四松《じゅうしまつ》のように感《かん》じられた。

チョロ松《まつ》がじっとおそ松《まつ》を見《み》つめる。

「っていうか、こんな合成写真《ごうせいしゃしん》まで用意《ようい》してるなんて手《て》がこんでるなぁ」

おそ松《まつ》は小《ちい》さく首《くび》を左右《さゆう》にふった。

「いや、この写真《しゃしん》はガチ。トト子《こ》ちゃんに借《か》りてきたんだ。で、一応聞《いちおうき》くけど十四松《じゅうしまつ》……お前《まえ》さ、去年《きょねん》の夏《なつ》に肝試《きもだめ》しのバイトとかしてないよな？」

十四松《じゅうしまつ》は首《くび》を大《おお》きく縦《たて》にふる。

「うん！　ぜんぜん！」

おそ松《まつ》はぐるりと兄弟《きょうだい》たちの顔《かお》を見回《みまわ》したが、誰《だれ》も名乗《なの》りでなかった。

「というわけなんで、この謎《なぞ》を解《と》いたらトト子《こ》ちゃんも安心《あんしん》すると思《おも》うんだよねぇ。じゃあさっそくだけど俺《おれ》が最初《さいしょ》に行《い》くから……」

おそ松《まつ》が選《えら》んだパートナーは？

1. カラ松《まつ》　113ページへ
2. チョロ松《まつ》　129ページへ
3. 一《いち》松《まつ》　143ページへ
4. 十四《じゅうし》松《まつ》　157ページへ
5. トド松《まつ》　172ページへ

1 カラ松《まつ》編《へん》

懐中電灯《かいちゅうでんとう》を片手《かたて》に、おそ松《まつ》はニッコリ笑《わら》った。

「うっし！　カラ松《まつ》！　いっしょに行《い》こうぜ？」

「お、おお、オレか？」

「やっぱトップバッターは長男次男《ちょうなんじなん》のお兄《にい》ちゃんコンビが切《き》りこみ隊長《たいちょう》しなきゃだよな？」

神棚《かみだな》に奉納《ほうのう》するお札《ふだ》を握《にぎ》りしめて、カラ松《まつ》が小刻《こきざ》みにふるえながら返《かえ》す。

「い、いや別《べつ》にいいんじゃないか？　むしろ弟《おとうと》たちに先《さき》に楽《たの》しむ権利《けんり》を譲《ゆず》るのも、長男《ちょうなん》と次男《じなん》の務《つと》めだと思《おも》うんだが」

おそ松《まつ》はバンバンとカラ松《まつ》の背中《せなか》をたたく。

「なんだお前《まえ》ビビッてんのか？　ほら行《い》くぞカラ松《まつ》！」

「ビビッてるわけないだろう？　おそ松《まつ》……お前《まえ》の方《ほう》こそ、本当《ほんとう》は怖《こわ》くてパートナーがオレじゃないと心細《こころぼそ》いんだな」

あっけらかんとおそ松《まつ》は言《い》う。

「ああ！　だから頼《たよ》りにしてるぜカラ松《まつ》！」

そのままカラ松《まつ》の背中《せなか》を押《お》して、おそ松《まつ》は森《もり》の入《い》り口《ぐち》に踏《ふ》みこんでいった。

舗装《ほそう》もされていない獣道《けものみち》をおそ松《まつ》が先行《せんこう》する。半歩後《はんぽうし》ろからカラ松《まつ》が追《お》いかけた。

いつ、森《もり》の茂《しげ》みからなにかが飛《と》びだしてきてもおかしくない。

懐中電灯《かいちゅうでんとう》の光量《こうりょう》はとぼしく、足下《あしもと》を照《て》らすので精一杯《せいいっぱい》だ。

一分《いっぷん》も歩《ある》くと、ふりかえってももう入《い》り口《ぐち》は見《み》えなくなっていた。

カラ松《まつ》は声《こえ》をふるえさせながらつぶやく。

「フッ……月《つき》さえも沈黙《ちんもく》する夜《よる》。孤独《こどく》がオレの心《こころ》を凍《い》てつかせる」

おそ松《まつ》が前屈《まえかが》み気味《ぎみ》になった。カラ松《まつ》の言葉《ことば》がアバラに衝撃《しょうげき》を与《あた》えたのだ。寒気《さむけ》すら感《かん》じて、おそ松《まつ》は凍《こご》えるように自分《じぶん》の両腕《りょううで》をさする。

「しゃべってるし、ぜんぜん沈黙《ちんもく》してないじゃん。それに孤独《こどく》でもないだろ。つーかさ……イタい通《とお》りこしてサムいな」

「なにを言《い》ってるんだおそ松《まつ》？　今夜《こんや》も寝苦《ねぐる》しい熱帯《ねったい》ミッドナイトじゃないか？」

「いや、そういう意味《いみ》で言《い》ってるんじゃなくて。つうかなんでこんなにサムいんだよ。もしかしてマジで雪女《ゆきおんな》がいたりして」

最初《さいしょ》は気《き》のせいだと思《おも》っていたおそ松《まつ》だが、二《に》の腕《うで》にびっしり鳥肌《とりはだ》が立《た》っていた。それを見《み》てカラ松《まつ》が不思議《ふしぎ》そうに首《くび》をかしげる。

「なあ、おそ松《まつ》。雪女《ゆきおんな》といえば美人《びじん》と相場《そうば》が決《き》まっている。そしてどことなく幸《さち》の薄《うす》い印象《いんしょう》だ。だがしかし、オレなら雪女《ゆきおんな》の凍《こお》りついたハートを、太陽《たいよう》のような温《ぬく》もりで溶《と》かすことができる！」

「本当《ほんとう》はお化《ば》けで肝《きも》を冷《ひ》やす予定《よてい》だったのに、お前《まえ》といっしょだとお化《ば》けにあう前《まえ》に凍死《とうし》しちゃうよ」

カラ松《まつ》はそっと目《め》を伏《ふ》せた。

「お前《まえ》ひとりを行《い》かせやしないさ。だから……さあ！　絶望《ぜつぼう》の闇《やみ》に包《つつ》まれたオレを希望《きぼう》という名《な》のゴールに導《みちび》いてくれ！」

「怖《こわ》いからって目《め》を閉《と》じてちゃ前《まえ》に進《すす》めないからね？」

おそ松《まつ》がそうカラ松《まつ》に告《つ》げた瞬間《しゅんかん》――

ひたっ……ひたっ……

と、カラ松《まつ》の首筋《くびすじ》に冷《つめ》たい感触《かんしょく》が走《はし》った。

「――ッ⁉」

おそ松《まつ》が自分《じぶん》の顔《かお》をライトで下《した》から照《て》らすようにして聞《き》いた。

「どーしたんだカラ松《まつ》？」

「今《いま》……冷《つめ》たい手《て》で触《ふ》れられた気《き》がする。フッ……なるほどな、どうやらこんなところにも隠《かく》れていたんだなカラ松《まつ》ガールズ！」

おそ松《まつ》は困《こま》り顔《がお》だ。

「おいおいおいおい。なんで冷《つめ》たい感触《かんしょく》が女《おんな》の子《こ》ってなるんだよ？　もしかしたら雪女《ゆきおんな》かもしれないぞ？」

カラ松《まつ》は口元《くちもと》をフッとゆるませた。

「い、いや雪女《ゆきおんな》とは限《かぎ》らない。そう……きっと冷《ひ》え性《しょう》のカラ松《まつ》ガールさ。冷《ひ》え性《しょう》に悩《なや》まされる女性《じょせい》は多《おお》い。そして……手《て》の冷《つめ》たい女性《じょせい》の心《こころ》は温《あたた》かいものなのさ」

「それじゃあ雪女《ゆきおんな》はどうなんだよ？　きっと手《て》だって冷《つめ》たいぜ？　もし本当《ほんとう》に心《こころ》が温《あたた》かいなら人間《にんげん》を凍死《とうし》に追《お》いこんだりしないだろ」

「フッ……細《こま》かいことは言《い》いっこなしだぜブラザー」

おそ松《まつ》はため息混《いきま》じりに懐中電灯《かいちゅうでんとう》で照《て》らしながらぐるりとあたりを見回《みまわ》して、カラ松《まつ》をおそった冷《つめ》たい感触《かんしょく》の正体《しょうたい》を見《み》つけた。

釣《つ》り糸《いと》で垂《た》らされたコンニャクがゆれている。つまみ上《あ》げて、おそ松《まつ》が大《おお》きくため息《いき》を吐《つ》く。

「なあカラ松《まつ》。普通《ふつう》のコンニャクだったぞ。冷《ひ》え性《しょう》の女《おんな》の人《ひと》じゃなくて、ただのワナだっつーの」

糸《いと》をたどった先《さき》にあった竿《さお》は、釣《つ》りで使《つか》う竿立《さおた》てに立《た》てかけられていた。しかけ人《にん》の姿《すがた》はない。

「フッ……どうやらしかけ人《にん》は内気《うちき》で引《ひ》っこみ思案《じあん》でシャイな仔猫《こねこ》ちゃんだったみたいだな。オレに居場所《いばしょ》がバレると思《おも》って、隠《かく》れてしまったらしい」

「あー、そうだなはいはい」

おそ松《まつ》が軽《かる》く流《なが》して「じゃあ先《さき》に進《すす》もうぜ」と促《うなが》した。カラ松《まつ》も「また会《あ》おう、恥《は》ずかしがり屋《や》の仔猫《こねこ》ちゃん」と、一言残《ひとことのこ》してから歩《ある》きだす。

コンニャクゾーンを抜《ぬ》けると、だんだんと廃工場《はいこうじょう》が近《ちか》づいてきた。

夜《よる》の森《もり》は暗《くら》い。街灯《がいとう》がある町《まち》のそれとはまるで別世界《べっせかい》だ。

黙々《もくもく》と進《すす》むおそ松《まつ》にカラ松《まつ》はついていく。

ああ、なんだかんだ言《い》いつつも、こういう時《とき》こそおそ松《まつ》は頼《たの》もしい。さすが長男《ちょうなん》だとカラ松《まつ》が思《おも》った矢先《やさき》、森《もり》の奥《おく》からカラ松《まつ》を見《み》つめる巨大《きょだい》な瞳《ひとみ》と目《め》が合《あ》った。

ぎょろっとまるい目《め》が闇《やみ》に浮《う》かぶ。

「――――ッ!?」

カラ松《まつ》が声《こえ》を殺《ころ》した。すぐに立《た》ちどまっておそ松《まつ》がふりかえる。

「ったく、どうしたんだよカラ松《まつ》。またコンニャクか？」

カラ松《まつ》のふるえる指先《ゆびさき》が森《もり》の中《なか》の巨大《きょだい》な目《め》を指《ゆび》さす。

「闇《やみ》の中《なか》をさまよう巨大《きょだい》なドライアイ……感情《かんじょう》の存在《そんざい》しない、人《ひと》にして人《ひと》ならざる怪物《かいぶつ》！」

おそ松《まつ》がブルッと身《み》ぶるいした。

「イタサムいから。ドライアイって乾《かわ》いて目《め》がかゆくなるアレだろ？　つーかなに？」

と、ツッコみつつ、おそ松《まつ》も視線《しせん》をカラ松《まつ》の指《ゆび》さす方《ほう》へと向《む》けた。

闇《やみ》の中《なか》に浮《う》かんでいたのは、どこまでも無邪気《むじゃき》で巨大《きょだい》な目《め》だ。これにはさすがのおそ松《まつ》も息《いき》を呑《の》んだ。

「な、なんだよ……これ」

大《おお》きさからして、農地《のうち》のカラスよけの風船《ふうせん》……じゃない。数倍《すうばい》……下手《へた》すれば十倍《ばい》の大《おお》きさの目《め》が二《ふた》つ並《なら》んで、らんらんとおそ松《まつ》とカラ松《まつ》を見《み》つめていた。

まさか例《れい》の写真《しゃしん》の……と、思《おも》いながらも、

おそ松《まつ》が懐中電灯《かいちゅうでんとう》で照《て》らし……絶叫《ぜっきょう》する。

「「ぎゃあああああ‼‼‼」」

二人《ふたり》は一目散《いちもくさん》に森《もり》の道《みち》をひた走《はし》る。途中《とちゅう》、何人《なんにん》かのお化《ば》けにおどかされたような気《き》もするのだが、おどろいているひまもなかった。

なにせ「本物《ほんもの》」に遭遇《そうぐう》してしまったのだから。

二人《ふたり》は逃《に》げるように廃工場《はいこうじょう》の入《い》り口《ぐち》に飛《と》びこむと、観音開《かんのんびら》きの鉄扉《てっぴ》を閉《し》めて、何度《なんど》も胸《むな》先《さき》で十字《じゅうじ》を切《き》る。

結局《けっきょく》アレがなんだったのか、わからずじまいだ。ただ、不用意《ふようい》に近《ちか》づけばヤバイということだけは、おそ松《まつ》も本能的《ほんのうてき》に感《かん》じていた。

カラ松《まつ》が膝《ひざ》に手《て》をそえるようにして、前屈《まえかが》みになりながら肩《かた》で息《いき》をする。

「ハア……ハア……なんてこった。膝《ひざ》がまだ半笑《はんわら》いだ」

おそ松《まつ》も心臓《しんぞう》はバクバクで汗《あせ》びっしょりだ。

おそ松《まつ》は閉《し》めた鉄扉《てっぴ》に耳《みみ》をそえた。森《もり》の方《ほう》はしんと静《しず》まりかえっている。

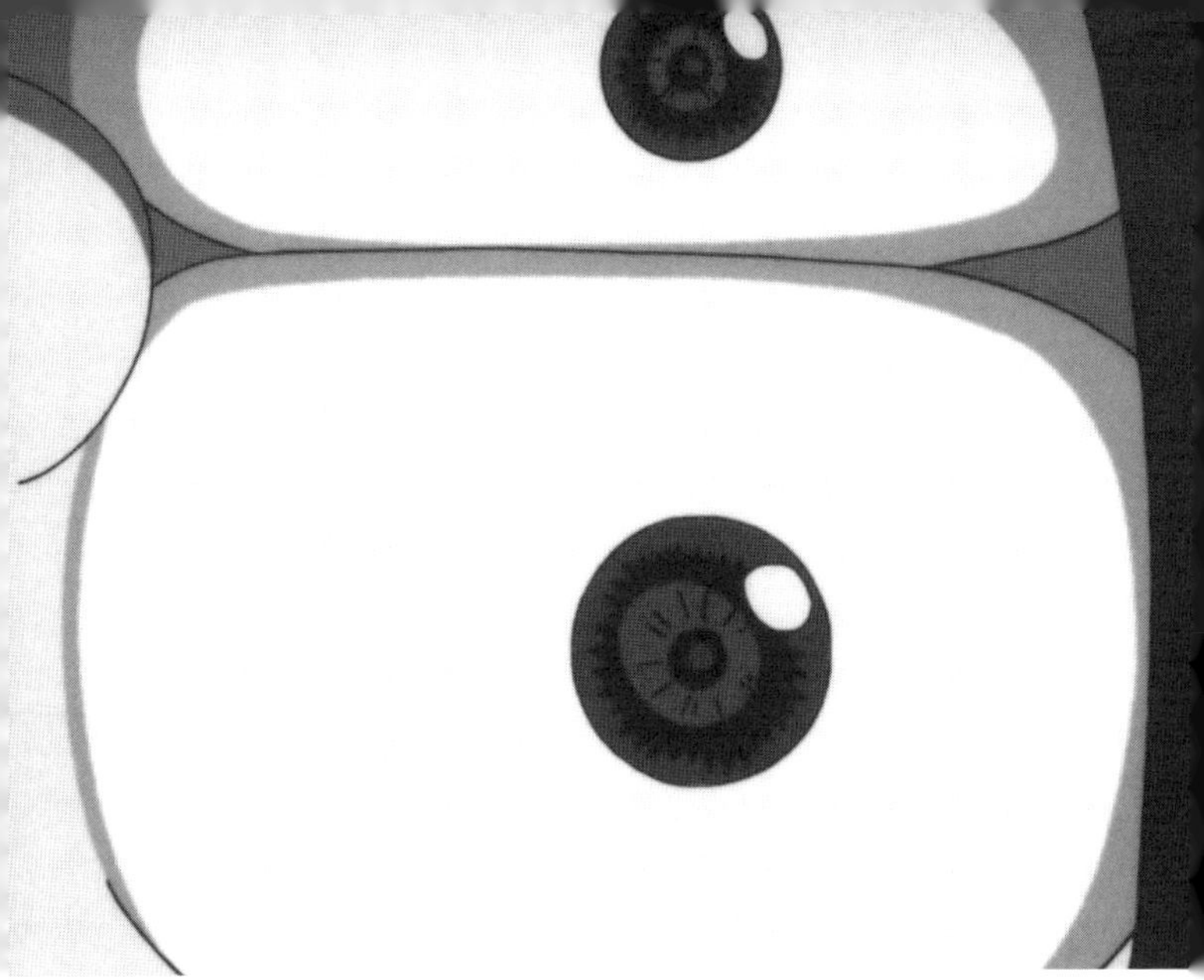

「追《お》ってきてないみたいだ。よし、セーフ」

カラ松《まつ》の顔《かお》が青《あお》ざめた。

「ああ、た、助《たす》かった……」

こんなところで一息《ひといき》吐《つ》いている場合《ばあい》じゃない。おそ松《まつ》は焦《あせ》り気味《ぎみ》に言《い》う。

「ほら、さっさと任務《にんむ》をこなして逃《に》げる……じゃないもどるぞ」

カラ松《まつ》は手《て》に握《にぎ》りこんだお札《ふだ》に視線《しせん》を落《お》とした。汗《あせ》でびっしょり濡《ぬ》れている。

「なあおそ松《まつ》、無理《むり》に行《い》かなくてもいいんじゃないか？」

「ばっきゃろー！　一度《いちど》受《う》けた仕事《しごと》は完遂《かんすい》しなきゃだめだろ？　大人《おとな》なんだから責任《せきにん》持《も》てって。焼《や》き肉《にく》がかかってんだぞ？」

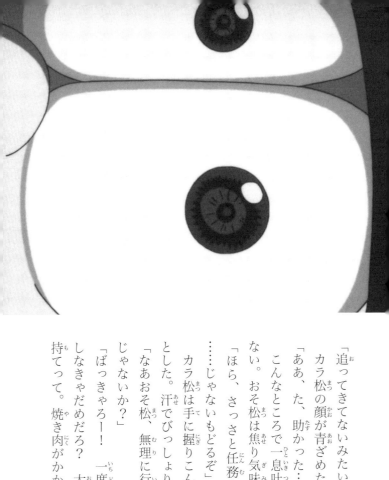

最後《さいご》の本音《ほんね》にカラ松《まつ》は心《こころ》の中《なか》で思《おも》う。

（――いや、焼《や》き肉《にく》と命《いのち》とどっちが大事《だいじ》なんだ？　そもそもニートなおそ松《まつ》が大人《おとな》の責任《せきにん》を語《かた》れるのか？）

先《さき》に進《すす》もうとするおそ松《まつ》にカラ松《まつ》は告《つ》げる。

「待《ま》ておそ松《まつ》！　さっきの化《ば》け物《もの》はどうするんだ!?　やっぱり放《ほう》っておくのはまずいだろ!!」

おそ松《まつ》はカラ松《まつ》の正面《しょうめん》に立《た》つと、がしっと両肩《りょうかた》をつかんで告《つ》げた。

「いいかカラ松《まつ》。俺《おれ》たちはなにも見《み》なかった。森《もり》で遭遇《そうぐう》したのはコンニャクひたひただけだ。妖怪《ようかい》とか化《ば》け物《もの》とかいないから！　ってか、いても無視《むし》だ！　無視《むし》！　わかったか？」

「だがしかし……」

言《い》いよどむカラ松《まつ》におそ松《まつ》は熱弁《ねつべん》した。

「目《め》をそらせよ現実《げんじつ》から！　ってかもう目《め》をつぶれ！　仮《かり》にもし、本当《ほんとう》に化《ば》け物《もの》がいたとして、今《いま》の俺《おれ》たちにできることなんてないでしょ??　だって俺《おれ》たちニートだぞ」

「お、おう……」

後《うし》ろ向《む》きな情熱《じょうねつ》にカラ松《まつ》は押《お》しきられた。

おそ松《まつ》は腰《こし》に手《て》を当《あ》てて胸《むね》を張《は》る。

「よし、それでこそカラ松《まつ》だ」

(——なんだか納得《なっとく》できんのだが……)

非常灯《ひじょうとう》が薄《うす》ぼんやりと灯《とも》った工場内《こうじょうない》を、おそ松《まつ》とカラ松《まつ》は進《すす》む。

通路《つうろ》を抜《ぬ》けると広間《ひろま》に出《で》た。ベルトコンベアが蛇《へび》のようにくねくねとのびる生産《せいさん》ラインだ。

使《つか》われなくなってからずいぶんたつようで、機材《きざい》もなにもみんな埃《ほこり》をかぶっていた。

おそ松《まつ》が懐中電灯《かいちゅうでんとう》でベルトコンベアを照《て》らす。

「あれ？　なんか……足跡《あしあと》みたいなのがあるな」

カラ松《まつ》も確認《かくにん》した。それは動物《どうぶつ》の肉球《にくきゅう》だ。ただ、大《おお》きさが人間《にんげん》の手《て》のひらほどもあった。

と、同時《どうじ》に甲高《かんだか》い声《こえ》がひびく。

にゃあああああああああああああああああん！

声《こえ》は上《うえ》からだ。咄嗟《とっさ》にカラ松《まつ》が身《み》がまえる。

おそ松《まつ》が懐中電灯《かいちゅうでんとう》を天井《てんじょう》に向《む》けなおすと、むきだしのはりに猫人間《ねこにんげん》が身《み》をまるめて、二人《ふたり》をじっと見《み》つめていた。握《にぎ》った手《て》で二人《ふたり》を招《まね》いたかと思《おも》えば、サッと軽《かる》い身《み》のこなしで天井《てんじょう》のはりを伝《つた》って、広間《ひろま》の奥《おく》へと跳《と》んでいく。

カラ松《まつ》の目《め》が点《てん》になった。

「どうやらさっきの仔猫《こねこ》ちゃんみたいだな。オレに会《あ》いたくて追《お》ってきたのか。なんて健気《けなげ》なんだ。ハハ……ハハハハ！」

「いやいやいや、今《いま》のって……化《ば》け猫《ねこ》じゃね？　っていうか笑《わら》わないで怖《こわ》いから！」

カラ松《まつ》は笑《わら》いつづける。あまりのできごとの連続《れんぞく》に、もはや耐《た》えきれないらしい。

「ハッハッハッハ！　しかし、また物陰《ものかげ》に隠《かく》れるなんて本当《ほんとう》に恥《は》ずかしがり屋《や》さんな仔猫《こねこ》ちゃんだ。そうか、さてはオレに見《み》つけてほしいんだな」

人差《ひとさ》し指《ゆび》をピンとのばして、カラ松《まつ》は指鉄砲《ゆびでっぽう》で「バキューン！」と、猫《ねこ》の声《こえ》がした天井《てんじょう》のはりを撃《う》ちぬいた。

「そういうのやめて！　イタいしサムいから！　ああ……なんか汗《あせ》かいたせいか背筋《せすじ》がつめたーくなってきたかも」

おそ松《まつ》はブルブルとふるえはじめた。カラ松《まつ》が自分《じぶん》の胸《むね》に手《て》を当《あ》てながら聞《き》く。

「大丈夫《だいじょうぶ》かおそ松《まつ》!? オレにできることがあれば、なんでも言《い》ってくれ。いや、言《い》わなくてもわかる。心細《こころぼそ》いんだよな？ なら……そんな気持《きも》ちを吹《ふ》きとばすような、熱《あつ》い一曲《いっきょく》披《ひ》露《ろう》するぜ」

「いや、むしろやめて！ ますます寒気《さむけ》が……」

カラ松《まつ》はエアギターをかき鳴《な》らした。演奏《えんそう》する手《て》の動《うご》きに合《あ》わせて口《くち》でギターの音《おと》を再《さい》現《げん》する。

「ジャンジャカジャカジャンジャン！ ジャンジャカジャカジャンジャン！ オーイエーアハーン！」

おそ松《まつ》のふるえがひどくなった。自分《じぶん》で自分《じぶん》の体《からだ》を抱《だ》くようにしておそ松《まつ》が返《かえ》す。

「マジでやめて。心《こころ》が凍《こご》えるから」

「ハァン！ まだ前奏《ぜんそう》という名《な》のプロローグだぜ？ 安心《あんしん》しろ熱《あつ》くなるのはこれからさッ！ ジャンジャカジャカジャン！ セイ！」

エアギターを派手《はで》に演奏《えんそう》するカラ松《まつ》が、大《おお》きく首《くび》を上下《じょうげ》にふると……勢《いきお》い余《あま》ってベルトコンベアの縁《ふち》におでこをぶつけた。

「アウチッ!?　ハッ……オレはいったいなにをしていたんだ？」

おでこにたんこぶを作《つく》ったカラ松《まつ》の目《め》の前《まえ》で、おそ松《まつ》の手《て》から懐中電灯《かいちゅうでんとう》がぽろりと落《お》ちる。

おそ松《まつ》はその場《ば》にドサッと倒《たお》れた。

カラ松《まつ》がおそ松《まつ》の脇《わき》によりそうようにしゃがみこんで、そっと上半身《じょうはんしん》を抱《だ》きおこす。

「し、しっかりしろおそ松《まつ》！」

「……お前《まえ》があと五秒長《びょうなが》く歌《うた》ってたら、凍死《とうし》するところだったぞ」

おそ松《まつ》の体《からだ》は冷《ひ》えきっていた。触《ふ》れているカラ松《まつ》の手《て》からみるみるうちに体温《たいおん》が奪《うば》われていく。

「オレは自分《じぶん》で自分《じぶん》が情《なさ》けない！　歌《うた》の熱気《ねっき》を伝《つた》えるどころか、おそ松《まつ》をこんなクールガイにしちまうなんて……」

抱《だ》きおこされたおそ松《まつ》が、今《いま》にも消《き》えてしまいそうな声《こえ》で告《つ》げる。

「……あっぶね〜死《し》にかけた」

　カラ松《まつ》が怒《いか》りに肩《かた》をふるわせた。

「誰《だれ》だ！　おそ松《まつ》をここまで苦《くる》しめたのは!?」

「……いやお前《まえ》だから。お前《まえ》のイタさとサムさ。そこんとこわかってよマジで」

　カラ松《まつ》は苦悩《くのう》の表情《ひょうじょう》を浮《う》かべた。手《て》で顔《かお》をおおうようにしながらうつむく。

「ああ、やはりオレこそがギルトガイ。それでも、この罪《つみ》を背負《せお》って今《いま》は前《まえ》に進《すす》まねばならないんだ。だがお前《まえ》をひとりぼっちにはしないさ。さあ、いっしょに行《い》こうおそ松《まつ》……なあおそ松《まつ》？　あの……おそ松《まつ》？」

　懐中電灯《かいちゅうでんとう》を拾《ひろ》ってカラ松《まつ》がおそ松《まつ》を照《て》らすと、おそ松《まつ》は完全《かんぜん》に凍《こお》りついていた。まるで冷凍《れいとう》マグロのようにカッチカチだ。

「——し、死《し》んでる!?」

そんなカラ松《まつ》の背後《はいご》に、白《しろ》い和服《わふく》に身《み》を包《つつ》んだ真《ま》っ白《しろ》な肌《はだ》の女《おんな》がそっと立《た》つ。かろうじて生《い》きていたおそ松《まつ》に、トドメを刺《さ》したのは彼女《かのじょ》の放《はな》つ冷気《れいき》だった。

あまりのサムさに季節《きせつ》外《はず》れの雪女《ゆきおんな》を呼《よ》びよせてしまったカラ松《まつ》だが、カラ松《まつ》の歌声《うたごえ》はおそ松《まつ》をおそった雪女《ゆきおんな》の冷《つめ》たい心《こころ》すら、凍《こお》らせるほどである。

そう、雪女《ゆきおんな》も……カラ松《まつ》のサムさとイタさにあてられて、二人《ふたり》の背後《はいご》で立《た》ったまま……死《し》んでいた。

〈季節外《きせつがい》のクール感《かん》　バッドエンド　112ページにもどってください〉

懐中電灯《かいちゅうでんとう》を片手《かたて》に、おそ松《まつ》はニッコリ笑《わら》った。

「それじゃあ行《い》こうかチョロ松《まつ》？」

突然《とつぜん》の指名《しめい》にチョロ松《まつ》が真顔《まがお》になる。

「えっ？　なんで僕《ぼく》なの？」

おそ松《まつ》はにへらーっと口元《くちもと》をゆるめた。

「だって怖《こわ》がるやつといっしょに行《い》った方《ほう》がおもしろいに決《き》まってんじゃん！」

チョロ松《まつ》はムッとした顔《かお》だ。

「おそ松兄《まつにい》さんって絶叫《ぜっきょう》マシンが好《す》きなタイプというよりも、絶叫《ぜっきょう》マシンが苦手《にがて》な人《ひと》を自《じ》分《ぶん》のとなりに乗《の》せて、反応《はんのう》を見《み》てよろこぶタイプだよね」

だからどうしたと言《い》わんばかりに、おそ松《まつ》はうなずいた。

「はは～ん。やっぱお前《まえ》ビビッてんだろ？　お化《ば》けが怖《こわ》いんだな？　大丈夫《だいじょうぶ》だってお兄《にい》ちゃんがついていってやるから。森《もり》の中《なか》で置《お》きざりにして逃《に》げたりしないって」

チョロ松《まつ》はじっとおそ松《まつ》を見据《みす》えた。

「それ、やるって言《い》ってるようなもんだし」

「なにお前《まえ》？　そんなに俺《おれ》のこと信用《しんよう》してないわけ？」

「いや信用《しんよう》とかじゃなくて……。確実《かくじつ》になにかしてくるって確信《かくしん》があるし」

おそ松《まつ》は後頭部《こうとうぶ》をかくようにしながら「こいつは一本取《いっぽんと》られたな。じゃあ行《い》こうぜ！」と、懐中電灯《かいちゅうでんとう》を持《も》っていない方《ほう》の手《て》でチョロ松《まつ》の手《て》をつかむと、スキップしながら森《もり》の入《い》り口《ぐち》にひっぱりこんだ。

神棚《かみだな》に奉納《ほうのう》するお札《ふだ》を手《て》に、チョロ松《まつ》がひっぱられながらぼやく。

「しょうがないな。まあ僕《ぼく》は幽霊《ゆうれい》とか心霊現象《しんれいげんしょう》なんて信《しん》じてないし、お化《ば》けが怖《こわ》いなんてそもそも子供《こども》の発想《はっそう》でしょ。いい大人《おとな》が肝試《きもだめ》しくらいで大《おお》はしゃぎなんてさ……だいたい肝試《きもだめ》しって、おどかす側《がわ》はしかけ人《にん》の人間《にんげん》なわけだし、わかってるなら怖《こわ》がりようもないじゃない？」

おそ松《まつ》は「いいからいいから！　こういう時《とき》こそ楽《たの》しんだもの勝《が》ちだぜ」と笑《わら》う。

チョロ松《まつ》はますます深《ふか》く大《おお》きなため息《いき》を吐《つ》いた。

「ハァ……本当《ほんとう》にお気楽《きらく》な思考回路《しこうかいろ》でうらやましいよ、おそ松兄《まつにい》さんは」

おそ松《まつ》とチョロ松《まつ》の背中《せなか》は、並《なら》んで森《もり》の奥《おく》に消《き》えていった。


森《もり》の中《なか》の舗装《ほそう》もされていない獣道《けものみち》を二人《ふたり》は肩《かた》を並《なら》べて進《すす》んだ。

懐中電灯《かいちゅうでんとう》の光《ひかり》は頼《たよ》りない。足下《あしもと》を照《て》らすので精一杯《せいいっぱい》だ。

一分《いっぷん》もすると、もうふりかえっても入《い》り口《ぐち》は見《み》えなくなっていた。

チョロ松《まつ》は先《さき》ほどから眉一《まゆひと》つ動《うご》かさない。口《くち》を「へ」の字《じ》に結《むす》んだままだ。

となりで懐中電灯片手《かいちゅうでんとうかたて》に歩《ある》くおそ松《まつ》が聞《き》く。

「なあチョロ松《まつ》。急《きゅう》に黙《だま》りこんじゃってどうしたんだ？　やっぱ怖《こわ》いのか？」

「べ、別《べつ》に怖《こわ》がったりしてないから。お化《ば》けや心霊現象《しんれいげんしょう》なんて、ほとんどが人間《にんげん》の思《おも》いこみなんだ。さっき見《み》せてもらった心霊写真《しんれいしゃしん》だって、けっこうぼやけてるし、たまたま色《いろ》んな要素《ようそ》が組《く》みあわさって顔《かお》に見《み》えたってだけでさ……そうそう、人間《にんげん》の脳《のう》は顔《かお》を識別《しきべつ》できるように進化《しんか》したらしいよ？　ほら、自動車《じどうしゃ》とかでも正面《しょうめん》から見《み》ると、なんだか人《ひと》の顔《かお》っぽく見《み》えてくるじゃない？　でね……こういうおもしろい話《はなし》があるんだけど……」

人差《ひとさ》し指《ゆび》を立《た》てて解説《かいせつ》しようとするのだが、おそ松《まつ》は「そういうの後《あと》にしような。ほら行《い》くぞ！」と、強引《ごういん》に手首《てくび》をひっぱってチョロ松《まつ》を歩《ある》かせた。

「うわっ！　急《きゅう》にひっぱらないでよ。こっちにも心《こころ》の準備《じゅんび》っていうものがあるんだし」

どことなく内股《うちまた》を擦《こす》るようにしながら、チョロ松《まつ》はうつむき気味《ぎみ》だ。足取《あしど》りも重《おも》たい。

「なんだ？　あっ……もしかしておしっこか？　だったら待《ま》っててやるからそこらへんでしてこいよ？」

「そ、そそそそんなわけあるかぁ！　っていうかあり得《え》ないから。こんな薄暗《うすぐら》い森《もり》の中《なか》でひとりでなんて」

「だったらお兄《にい》ちゃんがいっしょにしてやろうか？」

下《した》から顔《かお》をのぞきこむようにしておそ松《まつ》が聞《き》く。チョロ松《まつ》はますます不機嫌《ふきげん》になった。

「余計《よけい》な気遣《きづか》いやめてよね！　まったく……とっとと済《す》ませよう」

おそ松《まつ》を追《お》いこすように早歩《はやある》きでチョロ松《まつ》が前《まえ》に出《で》た瞬間《しゅんかん》——

ひたっ……ひたっ……

と、チョロ松《まつ》の首筋《くびすじ》に冷《つめ》たい感触《かんしょく》が走《はし》った。

「う、うわああああああああああああああああああ!?　濡《ぬ》れ女《おんな》だああああ!」

こらえきれず、チョロ松《まつ》の悲鳴《ひめい》がこだました。それをおそ松《まつ》が指《ゆび》さしながらゲラゲラ笑《わら》う。

「あっはっはっは！　めっちゃビビッてるし！　つーか濡《ぬ》れ女《おんな》ってなに？　もしかして肝《きも》試《だめ》しのために妖怪《ようかい》とかお化《ば》けのこと予《よ》習《しゅう》してきたわけ？　マジウケルー」

恐怖《きょうふ》にふるえていたチョロ松《まつ》が、すぐさま怒《いか》りの形相《ぎょうそう》でおそ松《まつ》につめよった。

「オーイッ!　コラァーィ!　長男《ちょうなん》コラァーィ!　予《よ》習《しゅう》して悪《わる》いかーッ!!」

笑《わら》いすぎて涙《なみだ》を指《ゆび》ですくいながら、おそ松《まつ》がポンポンとチョロ松《まつ》の肩《かた》をたたく。

「なんだビビリすぎて死《し》にそうな顔《かお》してたかと思《おも》えば、ぜんぜん元気《げんき》じゃん！　お兄《にい》ちゃん心配《しんぱい》しちゃったよ。あー！　腹痛《はらいた》い！　スマホあったら写《しゃ》メ撮《と》って拡散《かくさん》してたかも」

チョロ松《まつ》はますます吠《ほ》えた。

「やめろってそういうの！」

おそ松《まつ》はそっと懐中電灯《かいちゅうでんとう》で、ひたひたっとしたものの正体《しょうたい》を照《て》らした。

「ほらよく見《み》ろって。釣《つ》り竿《ざお》にぶら下《さ》がってるただのコンニャクだよ。食《た》べる以外《いがい》にもこんな使《つか》い方《かた》があったんだな。っていうか、そういう工夫《くふう》はお前《まえ》の方《ほう》が詳《くわ》しいか？」

じっと見《み》つめるおそ松《まつ》にチョロ松《まつ》は視線《しせん》をわざと外《はず》した。

「えっ？　なんの話《はなし》？　っていうかさ……釣《つ》り竿《ざお》なんだけど、普通《ふつう》こういうのって操作《そうさ》するためにしかけ人《にん》が隠《かく》れてるよね」

おそ松《まつ》も釣《つ》り竿《ざお》がどうなっているのか確認《かくにん》する。茂《しげ》みに隠《かく》すように竿立《さおた》てにセットされているのだが、あやつる係《かかり》の人間《にんげん》の姿《すがた》はない。

おそ松《まつ》がつぶやいた。

「けど、お前《まえ》の首筋《くびすじ》にねらったようにコンニャクがくっついたよな」

チョロ松《まつ》が再《ふたた》びブルッとふるえた。

「やめようおそ松兄《まつにい》さん。早《はや》く先《さき》に進《すす》んだ方《ほう》がいいかもしれない」

二人《ふたり》は互《たが》いに顔《かお》を見合《みあ》わせると、かけ足気味《あしぎみ》でその場《ば》から立《た》ちさった。

コンニャクゾーンを抜《ぬ》けると、だんだんと廃工場《はいこうじょう》が近《ちか》づいてきた。森《もり》は深《ふか》く、街灯《がいとう》がある町《まち》の夜《よる》とはまるで別世界《べっせかい》の暗《くら》さだ。先《さき》ほどまで楽《たの》しげだったおそ松《まつ》もトーンダウンしていた。むしろ「早《はや》く終《お》わらせたい」という気持《きも》ちの強《つよ》いチョロ松《まつ》の方《ほう》が先導《せんどう》する格好《かっこう》だ。

おそ松《まつ》が懐中電灯《かいちゅうでんとう》で進路《しんろ》を照《て》らしながら、急《いそ》ぐチョロ松《まつ》の背中《せなか》に声《こえ》を掛《か》ける。

「あんまり焦《あせ》るなって。足下《あしもと》とか暗《くら》いんだからコケるぞ？」

「だ、だだだだだ大丈夫《だいじょうぶ》だって。それより急《いそ》ごう。なんだか嫌《いや》な予感《よかん》がするんだ」

「ったく、お前《まえ》ってば本当《ほんとう》に心配性《しんぱいしょう》だなぁ」

おそ松《まつ》が歩《ある》くペースを上《あ》げようとしたその時《とき》、チョロ松《まつ》が突然立《とつぜんた》ちどまった。

なにか白《しろ》くて巨大《きょだい》なものが浮《う》かんでいる。それは人間《にんげん》の目《め》だった。ぎょろっとまるい目《め》が闇《やみ》の中《なか》から二人《ふたり》をじっと見《み》つめているのだ。暗《くら》くて大《おお》きさがうまく把握《はあく》できないのだが、それでも直径《ちょっけい》一メートルは超《こ》えていそうだ。

巨大《きょだい》でくりっとした目《め》と、おそ松《まつ》とチョロ松《まつ》の視線《しせん》がぴたりと合《あ》う。おそ松《まつ》はつい、懐中電灯《かいちゅうでんとう》で照《て》らしてしまった。

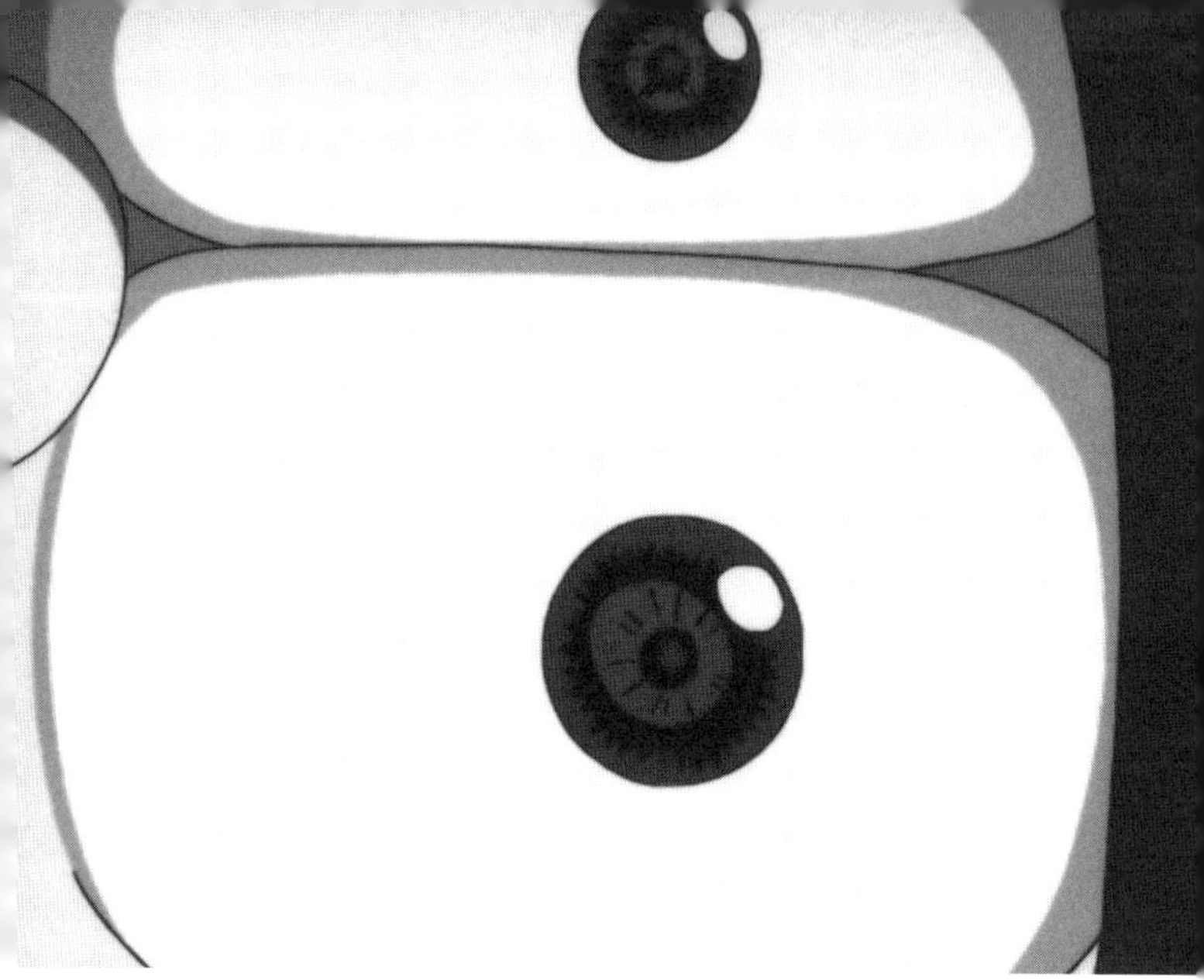

それは巨大《きょだい》な顔《かお》だった。口《くち》を大《おお》きく開《ひら》いたその顔《かお》は、十四松《じゅうしまつ》にそっくりだ。

そして……口《くち》の中《なか》からひょっこりと人《ひと》の足《あし》のようなものが飛《と》びだしていた。

巨大《きょだい》な顔《かお》だけの〝なにか〟がしゃべる。

「うっはあー！　まぶしー！」

「「う、う、うわあああああああああああああああああああ！」」

二人《ふたり》はふりかえると来《き》た道《みち》を一目散《いちもくさん》にもどりはじめた。おそ松《まつ》が叫《さけ》ぶ。

「今《いま》の写真《しゃしん》のやつだよな！　なあチョロ松《まつ》！　あれってなんていう妖怪《ようかい》なんだ!?　予習《よしゅう》までしてきたんだから、お前《まえ》こういうの詳《くわ》しいんだろ？」

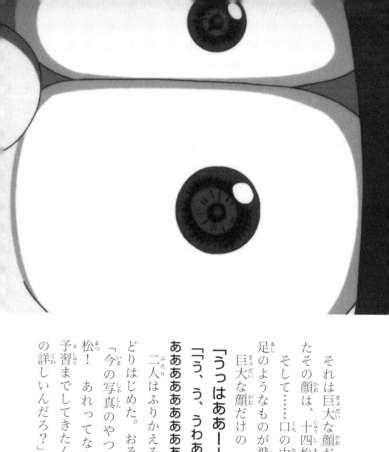

チョロ松《まつ》が悲鳴《ひめい》で返《かえ》した。

「ええとええとあれは大《おお》きな顔《かお》だけの妖怪《ようかい》だから、おおかむろ……いや、おおかむろは人《ひと》をおどろかせるだけで危害《きがい》を加《くわ》えたりしないし……わかんないよ！　っていうか口調《くちょう》が十四松《じゅうしまつ》だったよね!?」

「口《くち》から足《あし》！　人《ひと》の足《あし》！　絶対《ぜったい》さっきのコンニャクのしかけ人《にん》だよあの足《あし》！」

口《くち》から生《は》えていた足《あし》の先《さき》がどうなっているのか、想像《そうぞう》すると二人《ふたり》の背筋《せすじ》が凍《こお》りついた。

ふりむいてもう一度確認《いちどかくにん》する勇気《ゆうき》など無《な》い。

おそ松《まつ》が全力疾走《ぜんりょくしっそう》しながら吠《ほ》える。

「あ、あれ!?　どうして分《わ》かれ道《みち》なんだ？」

来《く》る時《とき》は一本道《いっぽんみち》だったのに、道《みち》が左右《さゆう》にのびていた。チョロ松《まつ》が内股《うちまた》気味《ぎみ》になりながら叫《さけ》ぶ。

「どっちでもいいから！」

背後《はいご》からゆっさゆっさと茂《しげ》みをゆらして〝なにか〟が近《ちか》づいてくる。その圧迫感《あっぱくかん》に背中《せなか》を押《お》されるように、二人《ふたり》は左《ひだり》の道《みち》を選《えら》んで息《いき》の続《つづ》く限《かぎ》り全力疾走《ぜんりょくしっそう》を続《つづ》けた。

行《い》きは一本道《いっぽんみち》に見《み》えたのに、引《ひ》きかえそうとすると道《みち》はいくつも枝分《えだわ》かれしていた。

急《いそ》ぐあまり、二人《ふたり》はうっかり帰《かえ》り道《みち》からそれてしまった。一度《いちど》脇道《わきみち》に入《はい》ると、自分《じぶん》たちが森《もり》のどのあたりにいるのかさっぱりわからなくなってしまう。

森《もり》の中《なか》を迷子《まいご》になったあげく、夢中《むちゅう》で行《い》ったり来《き》たりしているうちに、幸運《こううん》にも二人《ふたり》は廃工場《はいこうじょう》の入《い》り口《ぐち》にたどり着《つ》いた。

おそ松《まつ》が重《おも》たい鉄《てつ》の扉《とびら》に手《て》を掛《か》ける。

「おいチョロ松《まつ》手伝《てつだ》え！」

背後《はいご》からはまだ〝なにか〟が近《ちか》づく気配《けはい》が追《お》ってきている。

チョロ松《まつ》も内股《うちまた》のまま声《こえ》を上《あ》げて、めいっぱいの力《ちから》で扉《とびら》を開《ひら》いた。

「どっせえええええええええええええええええええええい！」

頑丈《がんじょう》そうな鉄扉《てっぴ》が開《ひら》き、そのすきまに二人《ふたり》は転《ころ》げるように飛《と》びこんだ。すぐに扉《とびら》を閉《し》めて内側《うちがわ》から鍵《かぎ》をかける。

その直後《ちょくご》――

ゴウウウウウウウウウウウウウウウウウウウウウウウン！

と、巨大《きょだい》なモノが扉《とびら》の向《む》こうからぶつかって、建物《たてもの》が大《おお》きくゆれた。何度《なんど》か体当《たいあ》たりの震動《しんどう》があったのだが、しばらくすると収《おさ》まり、気配《けはい》も引《ひ》き潮《しお》のように消《き》えてしまった。

おそ松《まつ》がようやく安堵《あんど》の息《いき》を吐《は》く。

「ふぅ……どうやら行《い》ったみたいだな。よしチョロ松《まつ》。今夜《こんや》は朝《あさ》までここで引《ひ》きこもり作《さく》戦《せん》だ。そういうの得意《とくい》だもんな俺《おれ》たち。なんせニートだから！」

この時《とき》ほどニートであることが誇《ほこ》らしく、ニートで良《よ》かったと思《おも》ったことはないおそ松《まつ》

だが……返事《へんじ》は無《な》かった。

チョロ松《まつ》が不自然《ふしぜん》に前屈《まえかが》みな格好《かっこう》で、手《て》で股間《こかん》のあたりを押《お》さえこんでいる。おそ松《まつ》が懐中電灯《かいちゅうでんとう》で照《て》らしながら聞《き》いた。

「お、おいチョロ松《まつ》？　どうしたんだ？」

「なんでもない。だから懐中電灯《かいちゅうでんとう》やめて。お願《ねが》いだから」

おそ松《まつ》はじっとチョロ松《まつ》の下半身《かはんしん》に注目《ちゅうもく》する。じわじわと染《し》みのようなものが広《ひろ》がっていた。

「え⁉　もしかして漏《も》らし……」

「漏《も》らしてないし‼」

「じゃあなんでズボンびっちゃびちゃなんだよ？」

「ぬ、濡《ぬ》れ女《おんな》だよ！　妖怪《ようかい》のせいなんだ！」

「どこの世界《せかい》にお漏《も》らしさせる妖怪《ようかい》がいるっていうんだよ！」

「これがホントの濡《ぬ》れ衣《ぎぬ》だ！　僕《ぼく》のせいじゃない」

「濡《ぬ》れ衣《ぎぬ》ってお前《まえ》……ハハハ、あーまーいいや……しゃーないな。これはけよ」

おそ松《まつ》は自分《じぶん》のズボンとパンツを脱《ぬ》いでみせた。

「え？　……いや大丈夫《だいじょうぶ》。ってか気持《きも》ち悪《わる》いから！」

とはいえこれから一体《いったい》、どうしたものか。

このまま続行《ぞっこう》したとしても、結局《けっきょく》あの森《もり》を通《とお》ってもどるしかなく、アレに遭遇《そうぐう》することを考《かんが》えると引《ひ》きこもり作戦《さくせん》しかないと、チョロ松《まつ》も思《おも》った。

だからこそ一晩中《ひとばんじゅう》、下半身《かはんしん》が冷《ひ》えっぱなしでは風邪《かぜ》をひきそうだ。

「じゃ、じゃあズボンだけでいいよ」

「わかった。俺《おれ》はパン一《いち》でもぜんぜん大丈夫《だいじょうぶ》だから。二人《ふたり》で生《い》きのびようぜチョロ松《まつ》」

「おそ松兄《まつにい》さん……」

「ほら、温《あたた》めておいたからさ」

おそ松《まつ》の差《さ》しだしたズボンからは、ほのかに湯気《ゆげ》が上《あ》がっていた。それだけじゃない。

う●こ臭《くさ》いのだ。ズボンを受《う》けとったチョロ松《まつ》が叫《さけ》ぶ。

「てめえ〜死《し》ねこのクソ長男《ちょうなん》！」

と、同時《どうじ》に工場《こうじょう》の天窓《てんまど》がバリンッ！　と割《わ》れた。

上《うえ》から大《おお》きな目玉《めだま》の化《ば》け物《もの》が口《くち》を開《あ》けて降《ふ》ってくる。

「うわああああああああああああああああああああ！」

おそ松《まつ》とチョロ松《まつ》は同時《どうじ》に悲鳴《ひめい》を上《あ》げた。が……二人《ふたり》を食《た》べようとした巨大《きょだい》な顔《かお》の化《ば》け物《もの》の表情《ひょうじょう》がゆがむ。

「くっさあああああああああああああああああい！」

地鳴《じな》りのような声《こえ》を上《あ》げると、化《ば》け物《もの》は天井《てんじょう》に開《あ》けた穴《あな》から森《もり》へと去《さ》っていった。

そして……おそ松《まつ》とチョロ松《まつ》はといえば、その場《ば》で気絶《きぜつ》したままだ。

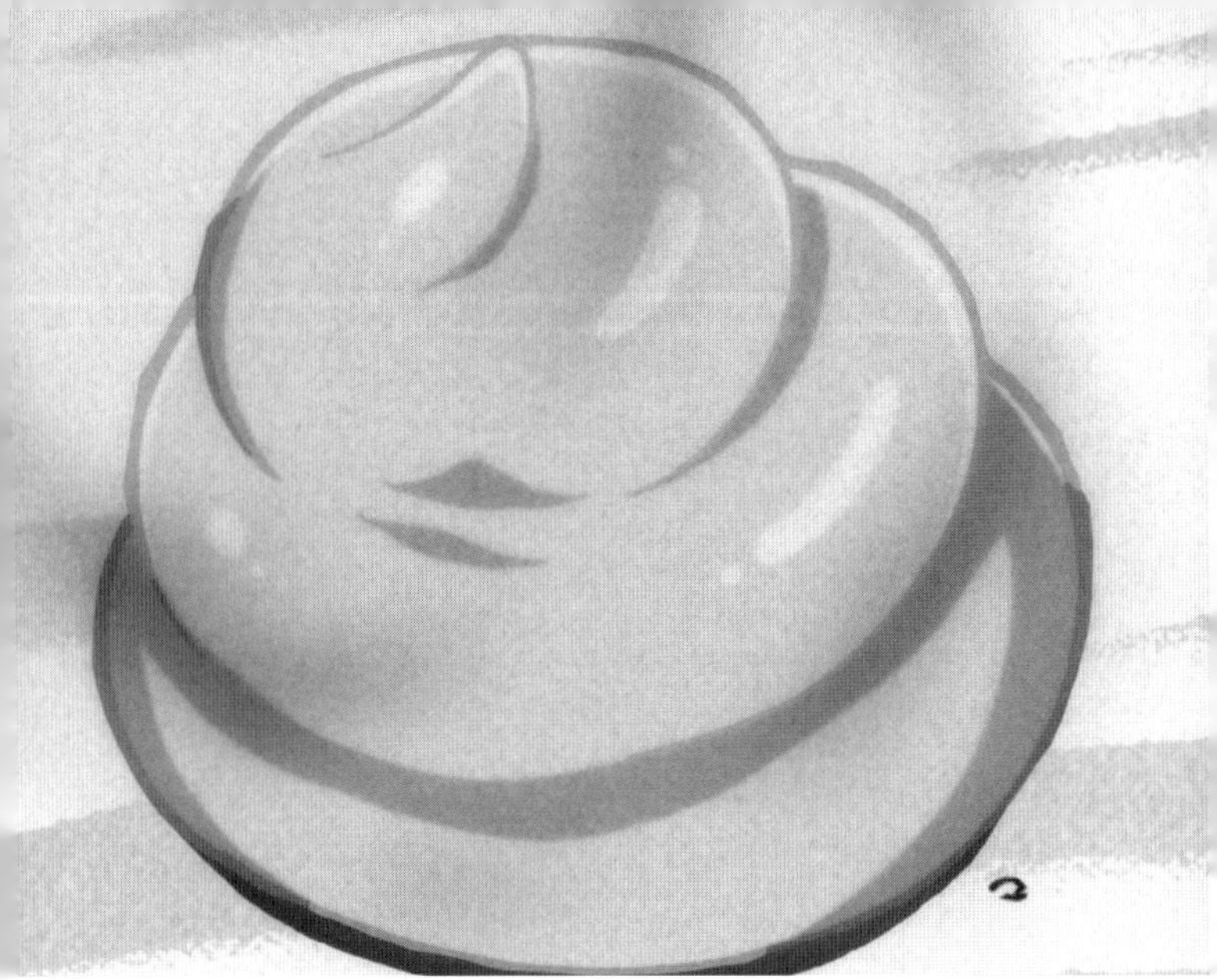

チョロ松《まつ》の手《て》には、おそ松《まつ》のう●このついたズボンのすそが、ギュッと握《にぎ》られていた。

〈う●このおかげで命拾《いのちびろ》いするも続行不能《ぞっこうふのう》バッドエンド　112ページにもどってください〉

懐中電灯《かいちゅうでんとう》を片手《かたて》に、おそ松《まつ》は一松《いちまつ》の肩《かた》に手《て》を掛《か》けた。

「んじゃあ行《い》ってみようか一松《いちまつ》？」

まさか自分《じぶん》にお呼《よ》びがかかると思《おも》っていなかったのか、一松《いちまつ》はふりむきざまに気《き》の抜《ぬ》けた声《こえ》でおそ松《まつ》に返《かえ》した。

「……え？　……おれ？」

おそ松《まつ》は親指《おやゆび》をビシッと立《た》ててみせる。

「ああ！　お前《まえ》に決《き》めたぜ一松《いちまつ》！」

不機嫌《ふきげん》かつ、ぶっきらぼうに一松《いちまつ》はつぶやいた。

「……なんで？」

腕組《うでぐ》みするとおそ松《まつ》はニッコリ笑《わら》う。

「んなもん決《き》まってるだろ！　毒《どく》をもって毒《どく》を制《せい》す！　闇《やみ》をもって闇《やみ》を制《せい》す！　ってな。ほらお札持《ふだも》って！　うっかりこのお札《ふだ》の清《きよ》らかさに浄化《じょうか》されたり封印《ふういん》されたりするなよぉ？」

おそ松《まつ》から無理矢理《むりやり》お札《ふだ》を手《て》わたされて、一松《いちまつ》はじっとそれを見《み》つめた。

「……おれじゃなくても良《よ》くない？」

乗《の》り気《き》じゃない一松《いちまつ》におそ松《まつ》は首《くび》をかしげた。

「なんだ一松《いちまつ》。お前《まえ》、他《ほか》にいっしょに行《い》きたいやつとかいるのか？　俺《おれ》じゃないなら……あ！　わかったカラ松《まつ》か？　ケンカするほど仲《なか》が良《い》いって言《い》うけどさ、お前《まえ》らってほんとしょっちゅうケンカしてて仲《なか》が良《い》いもんな」

一松《いちまつ》は「……本当《ほんとう》にどーでもいい」と、言《い》わんばかりのため息混《いきま》じりに返《かえ》す。

「……いいよおそ松兄《まつにい》さんといっしょで」

了承《りょうしょう》を得《え》たところで、おそ松《まつ》が元気《げんき》に手《て》を挙《あ》げた。

「んじゃあ一番手《ばんて》は俺《おれ》と一松《いちまつ》だ！　しゅっぱーつ！　ほら一松《いちまつ》ももっとテンション上《あ》げて！」

「……おー」

元気《げんき》に行進《こうしん》でもするように、おそ松《まつ》は一松《いちまつ》を引《ひ》きつれて森《もり》へと踏《ふ》みいった。

森《もり》は深《ふか》い。闇《やみ》がどこまでも広《ひろ》がっている。今夜《こんや》は満月《まんげつ》だが、厚《あつ》い雲《くも》が月《つき》を隠《かく》して森《もり》の闇《やみ》をより濃《こ》いものにしていた。

おそ松《まつ》は手《て》にした懐中電灯《かいちゅうでんとう》で闇《やみ》を切《き》りひらくように進《すす》み、一松《いちまつ》が猫背《ねこぜ》をさらにまるめて後《あと》に続《つづ》く。

先《さき》を行《い》くおそ松《まつ》が、首《くび》だけでふりかえって一松《いちまつ》に聞《き》いた。

「どうしたんだそんなにビクビクして？」

「……別《べつ》にビクビクなんてしてない」

「声《こえ》、ふるえてるぞ？」

「……普段《ふだん》からこういう声《こえ》だから」

おそ松《まつ》は立《た》ちどまってふりかえった。じっと一松《いちまつ》を見《み》つめる。

「……なに？」

「なんかお前《まえ》が怖《こわ》がってるのって新鮮《しんせん》だなって思《おも》って。今日《きょう》はたっぷりお兄《にい》ちゃんを頼《たよ》ってくれていいぞ！」

胸《むね》を張《は》るおそ松《まつ》に一松《いちまつ》は「……チッ」と舌打《したう》ちしてから続《つづ》けた。

「……だいたい肝試《きもだめ》しなんて、おどろかそうとしてるのは人《ひと》でしょ？　最初《さいしょ》からわかってるんだから、ぜんぜん怖《こわ》くないし」

おそ松《まつ》はうんうんうなずいた。

「そっかー。一松《いちまつ》も俺《おれ》に言《い》い訳《わけ》したくなるくらいには怖《こわ》いんだな」

「……だからそんなんじゃないって」

「素直《すなお》じゃ無《な》いなぁ一松《いちまつ》は」

一松《いちまつ》は思《おも》った。一度《いちど》こうだと決《き》めるとおそ松《まつ》の意見《いけん》を変《か》えさせるのはむずかしい。こんな時《とき》、他《ほか》の兄弟《きょうだい》ならおそ松《まつ》を説得《せっとく》するなりするのだろうが――

（――めんどくせぇ）

訂正《ていせい》するのさえおっくうになった一松《いちまつ》は、返事《へんじ》もせずに歩《ある》きだす。

とっとと肝試《きもだめ》しを終《お》わらせてしまう方《ほう》が早《はや》そうだ。立《た》ちどまったおそ松《まつ》を追《お》いぬいて、

一《いち》松《まつ》が前《まえ》に出《で》た。
おそ松《まつ》が「あっ！　待《ま》てって一《いち》松《まつ》。俺《おれ》も行《い》くから」と追《お》いかけようとした瞬間《しゅんかん》——先《さき》を行《い》く一《いち》松《まつ》の首筋《くびすじ》にひんやりとしたものが触《ふ》れた。

ひたっ……ひたっ……

一《いち》松《まつ》がビクンと体《からだ》をこわばらせる。

「——!?」

が、一《いち》松《まつ》は眉《まゆ》一《ひと》つ動《うご》かさない。「……なに今《いま》の冷《つめ》たいやつ」と、闇《やみ》のオーラ全開《ぜんかい》の一《いち》松《まつ》が、周囲《しゅうい》にもわかるようにつぶやいた。
一《いち》松《まつ》のリアクションに茂《しげ》みがざわつく。
そこには釣《つ》り竿《ざお》を持《も》った若《わか》い男女《だんじょ》がひそんでいた。それぞれ、竿《さお》の先《さき》に吊《つる》したコンニャクを使《つか》って、イタズラをするしかけ人《にん》だ。

しかけ人《にん》の女《おんな》の子《こ》が悔《くや》しそうな顔《かお》をする。

「せっかくうまくいったと思《おも》ったのに！　おどろかないなんて肝試《きもだめ》しをエンジョイするつもりないの？　抗議《こうぎ》してやるんだから！」

男《おとこ》の方《ほう》が人差《ひとさ》し指《ゆび》を立《た》てて「しー」っと彼女《かのじょ》の口元《くちもと》に持《も》っていった。

「だめだよ。僕《ぼく》たちはしかけ人《にん》なんだから。ちゃんと黒子《くろこ》に徹《てっ》さないと」

「ご、ごめんね。そうだよね。怒《おこ》ってないでしっかりやらないと……あ、あのね、さっきから森《もり》の中《なか》でずっと二人《ふたり》きりで、お化《ば》けなんかよりもずっとずーっと……ドキドキしてて……手《て》がふるえちゃって」

茂《しげ》みで男女《だんじょ》がそんなやりとりをしているのを、一松《いちまつ》は二人《ふたり》に気《き》づかれることなく、じーっと見《み》つめていた。

「……なにしてんの？」

じっとり湿《しめ》ったような眼差《まなざ》しで一松《いちまつ》がカップルしかけ人《にん》にせまる。

「……冷《つめ》たかったんだけど」

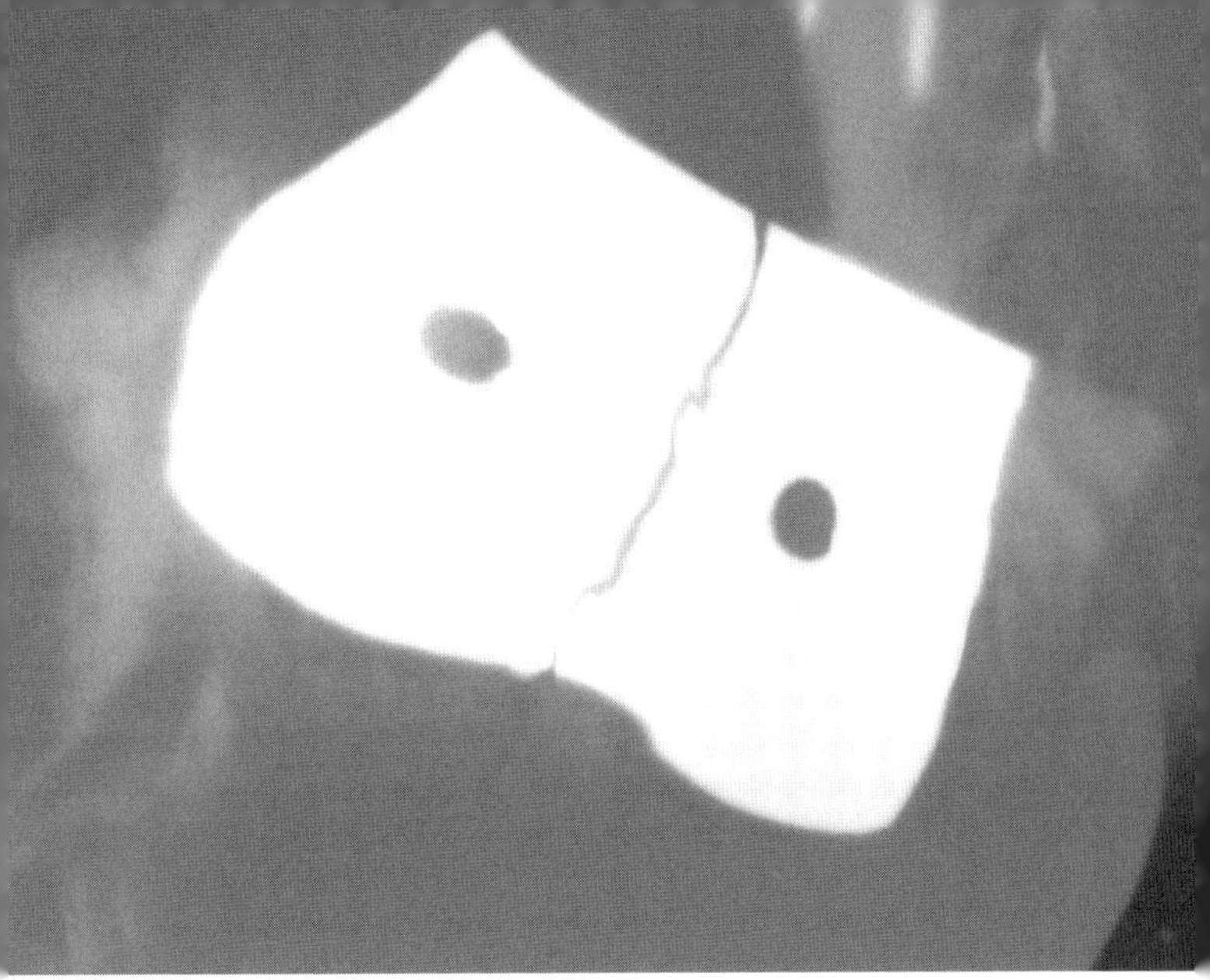

淡々《たんたん》とした口《くち》ぶりの一松《いちまつ》に、男《おとこ》の方《ほう》がカエルみたいに飛《と》びのいた。

「う、うわああ！　ごめんなさい！」

「……ごめんじゃなくてさ……なにしてるわけ？」

男《おとこ》の方《ほう》が釣《つ》り竿《ざお》を手《て》に、一松《いちまつ》に弁解《べんかい》する。

「え、ええとしかけ人《にん》です。僕《ぼく》たちはここを通《とお》る人《ひと》の首筋《くびすじ》に、コンニャクを当《あ》てる係《かかり》なんです」

唐突《とうとつ》に一松《いちまつ》は……黙《だま》りこんだ。

「……………………………………………………………チッ」

舌打《したう》ちと同時《どうじ》にボッ！　という音《おと》がしたかと思《おも》うと、一松《いちまつ》の体《からだ》が漆黒《しっこく》の炎《ほのお》に包《つつ》まれる。無言《むごん》のまま炎《ほのお》の魔人《まじん》と化《か》した一松《いちまつ》に、しかけ人《にん》カップルは釣《つ》り竿《ざお》を放《ほう》りなげると「すみませんでしたー！」と、悲鳴《ひめい》を上《あ》げながら森《もり》の入《い》り口方面《ぐちほうめん》に逃《に》げさった。

一部始終《いちぶしじゅう》を見守《みまも》ったまま、おそ松《まつ》がぽつりとつぶやく。

「あちゃー……しかけ人《にん》を怖《こわ》がらせてちゃ肝試《きもだめ》しになんない……けど、おもしろいからいっか！」

死《し》ぬほどポジティブで、新《あたら》しい楽《たの》しみ方《かた》を見《み》つける遊《あそ》びの天才《てんさい》――それが松野家長男松《まつのけちょうなんまつ》野《の》おそ松《まつ》なのだった。

一松無双《いちまつむそう》が森《もり》をかけぬけた。暗《くら》い森《もり》の中《なか》に浮《う》かぶ巨大《きょだい》な目《め》を「……じろじろ見《み》んなよ。気色悪《きしょくわる》い」の一言《ひとこと》で退《しりぞ》け、次《つぎ》から次《つぎ》へとあらわれる、妖怪《ようかい》だのお化《ば》けだのにも容赦《ようしゃ》が無《な》かった。

「……はん？　一反木綿《いったんもめん》って要《よう》はただの布《ぬの》だろ？　……数《かぞ》えていた皿《さら》が足《た》りないって？　買《か》ってこい。……幽霊《ゆうれい》？　誰《だれ》もお前《まえ》のことなんて知《し》らないんだから早《はや》く成仏《じょうぶつ》しろよ。……首《くび》がのびるってさ……木《き》の高《たか》いところの葉《は》っぱでも食《く》うわけ？　……雪女《ゆきおんな》って……出《で》てくる季節《きせつ》まちがえてない？　……呪《のろ》いのビデオテープ？　ユーチューバーにでもなればいいんじゃね？　……フフッ」

妖怪《ようかい》たちを粉砕《ふんさい》しながら、一松《いちまつ》はおそ松《まつ》を引《ひ》きつれて廃工場《はいこうじょう》の入《い》り口《ぐち》にたどり着《つ》いた。

ずっと後《うし》ろから見《み》ていたおそ松《まつ》は満足《まんぞく》げだ。

「いやーお前《まえ》すごいな！　しかけ人《にん》の人《ひと》たちの心《こころ》を折《お》りまくりでさ」

一松《いちまつ》もまんざらでもなさそうだ。

「……どーも」

弟《おとうと》のすごいところを見《み》て満足《まんぞく》げに笑《わら》いながら、おそ松《まつ》は工場《こうじょう》の鉄扉《てっぴ》に手《て》を掛《か》けた。ぐぐっと重《おも》たい扉《とびら》を開《ひら》いて懐中電灯《かいちゅうでんとう》で中《なか》を照《て》らす。

「うっし！　この調子《ちょうし》でサクッとお札《ふだ》を神棚《かみだな》に奉納《ほうのう》してクリアしようぜ！　けど、なんか後《あと》の連中《れんちゅう》に悪《わる》い事《こと》したかもな。しかけ人《にん》みーんなお前《まえ》に心《こころ》を複雑骨折《ふくざつこっせつ》させられてるし」

二人《ふたり》は廃工場《はいこうじょう》の中《なか》に入《はい》った。通路《つうろ》を抜《ぬ》けてベルトコンベアのラインがある広《ひろ》い作業場《さぎょうじょう》に出《で》る。大型《おおがた》の機械《きかい》が並《なら》んでいて、お化《ば》けが隠《かく》れるにはうってつけだ。

おそ松《まつ》が懐中電灯《かいちゅうでんとう》をふりまわした。

「さあ出《で》てこいよお化《ば》けでも妖怪《ようかい》でも幽霊《ゆうれい》でもなんでもさ！」

次《つぎ》に餌食《えじき》となるしかけ人《にん》を待《ま》っていると、不意《ふい》におそ松《まつ》と一松《いちまつ》の頭上《ずじょう》でなにかが動《うご》いた。

天井《てんじょう》のはりからはりを影《かげ》が走《はし》る。

ちょうど厚《あつ》くかかっていた雲《くも》が切《き》れて、工場《こうじょう》の天窓《てんまど》から月明《つきあ》かりが射《さ》しこんだ。

謎《なぞ》のシルエットは月明《つきあ》かりの中《なか》をビュンビュンと、風《かぜ》を切《き》って跳《と》ぶ。

おそ松《まつ》が懐中電灯《かいちゅうでんとう》で照《て》らすと、はりの柱《はしら》の陰《かげ》に……猫人間《ねこにんげん》がいた。全身《ぜんしん》がふっさふさの毛《け》でおおわれており、光《ひかり》を浴《あ》びた瞬間《しゅんかん》、黒目《くろめ》がきゅーっと細《ほそ》くなる。

おそ松《まつ》が天井《てんじょう》の化《ば》け猫《ねこ》を指《ゆび》さした。

「あいつにも言《い》ってやれ！　なんかその、すっごい悪口《わるくち》とか！」

一松《いちまつ》から返事《へんじ》が無《な》い。おそ松《まつ》が視線《しせん》を上《うえ》から横《よこ》に向《む》けなおすと、となりで一松《いちまつ》は両手《りょうて》で自分《じぶん》の体《からだ》をぎゅっとしめるようにしながら、背中《せなか》をまるめてうずくまっていた。

おそ松《まつ》の顔《かお》に焦《あせ》りが浮《う》かぶ。

「お、おい大丈夫《だいじょうぶ》か？」

うつむいたまま一松《いちまつ》は**「猫《ねこ》……猫《ねこ》猫《ねこ》猫《ねこ》猫《ねこ》猫《ねこ》猫《ねこ》猫《ねこ》猫《ねこ》猫《ねこ》猫《ねこ》猫《ねこ》猫《ねこ》猫《ねこ》猫《ねこ》猫《ねこ》猫《ねこ》オッ！」**と念《ねん》

仏《ぶつ》のように唱《とな》えだす。その目《め》は虚《うつ》ろで全身《ぜんしん》を細《こま》かくふるえさせていた。どう見《み》てもまともじゃない。

おそ松《まつ》は思《おも》った。

ヤバイ。こいつは普《ふ》通《つう》のお化《ば》けや幽霊《ゆうれい》には強《つよ》いけど、ネコ科《か》が相手《あいて》になるとたんにポンコツどころか大混乱《だいこんらん》しちまうんだ……と。

不意《ふい》に、天井《てんじょう》のはりから化《ば》け猫《ねこ》の声《こえ》がひびいた。

「にゃああああああああああああああああああ!」

それに反応《はんのう》して一松《いちまつ》も声《こえ》を上《あ》げる。

「にゃおおおおおおおおおおおおおおおおおおん!」

叫《さけ》ぶと同時《どうじ》に光《ひかり》が爆《は》ぜて一松《いちまつ》の体《からだ》が爆煙《ばくえん》に包《つつ》まれる。

おそ松《まつ》はその衝撃波《しょうげきは》に尻餅《しりもち》をついた。

「うわっ! なんで爆発《ばくはつ》? どうしてそうなるの!? つうかなに? これからなにがはじまるわけェッ!?」

煙《けむり》がゆっくりと引《ひ》く。そこには松野家《まつのけ》四男《なん》、松野《まつの》一松《いちまつ》の姿《すがた》は無《な》かった。怪異的《かいいてき》な存在《そんざい》に入《い》れかわってしまった。

一松《いちまつ》もまた、化《ば》け猫《ねこ》になっていた。

「にゃあああああああああああああああああ！」

「にゃおおおおおおおおおおおおおおおおおん！」

天井《てんじょう》と床《ゆか》で二匹《ひき》の化《ば》け猫《ねこ》がお互《たが》いに威嚇《いかく》するような声《こえ》を上《あ》げた。

一松猫《いちまつねこ》は身軽《みがる》な足取《あしど》りで、作業機械《さぎょうきかい》の上《うえ》に乗《の》ったかと思《おも》うと、三角跳《さんかくと》びで壁《かべ》を蹴《け》って天《てん》井《じょう》のはりまで登《のぼ》りつめる。

おそ松《まつ》が手《て》をのばした。

「いやちょっと待《ま》て一松《いちまつ》！　もどってこーい！」

一松猫《いちまつねこ》は耳《みみ》をピクピクとさせたのだが、その視線《しせん》はもう一匹《いっぴき》の化《ば》け猫《ねこ》をじっとにらみつづけていた。

その化《ば》け猫《ねこ》の背後《はいご》――工場《こうじょう》の天井《てんじょう》にパチパチパチパチと無数《むすう》の光《ひかり》が点灯《てんとう》する。

それは数百《すうひゃく》の猫《ねこ》の目《め》だった。おそ松《まつ》は声《こえ》を殺《ころ》した。いったいいつの間《ま》に、何百匹《なんびゃっぴき》という猫《ねこ》にかこまれてしまったのか。

一松猫《いちまつねこ》が猫《ねこ》たちの中《なか》に飛《と》びこんで闇《やみ》に消《き》える。

群《む》れの中《なか》の一匹《いっぴき》となって、完全《かんぜん》に溶《と》けこんでしまった。

「い、いちま……いちまぁぁぁぁぁぁあっ！」

「「「「にゃおおおおおおおおおおおおおおおおおん！」」」」

猫《ねこ》たちの合唱《がっしょう》に紛《まぎ》れて、ずっと余裕《よゆう》ぶっていたおそ松《まつ》の悲鳴《ひめい》が工場《こうじょう》にひびきわたる。

「うわぁぁぁぁぁぁぁぁぁぁぁぁぁぁぁぁぁぁぁぁぁぁあ！」

絶叫《ぜっきょう》すると、おそ松《まつ》の意識《いしき》はそこでブツッと途切《とぎ》れた。

おそ松《まつ》が目《め》を覚《さ》ますと、そこは埃《ほこり》っぽい廃工場《はいこうじょう》の中《なか》だった。

「い、一松《いちまつ》!?」

猫人間《ねこにんげん》になってしまった一松《いちまつ》の姿《すがた》は無《な》い。慌《あわ》てて立《た》ちあがると、おそ松《まつ》は異変《いへん》に気《き》づいた。工場《こうじょう》の中《なか》を埋《う》めつくしていた猫《ねこ》の気配《けはい》が無《な》い。

「な、なんだったんだいったい……」

ゴクリとつばをのみこむと、おそ松《まつ》は自分《じぶん》がずっと手《て》を握《にぎ》っていることに気《き》がついた。

そっと手《て》を開《ひら》くと、そこには緑色《みどりいろ》の木《き》の実《み》のようなものがあった。

「これって……マタタビ?」

こんなものを森《もり》の中《なか》で拾《ひろ》った覚《おぼ》えはない。

恐怖心《きょうふしん》よりも意味不明《いみふめい》すぎる状況《じょうきょう》に、おそ松《まつ》は声《こえ》を上《あ》げずにはいられなかった。

「わけわかんねえええええええええええええええええええええ!」

廃工場《はいこうじょう》におそ松《まつ》の悲鳴《ひめい》だけが、むなしくひびきわたった。


〈化《ば》かされて幻《まぼろし》の猫集会場《ねこしゅうかいじょう》にご招待《しょうたい》　バッドエンド　112ページにもどってください〉

懐中電灯《かいちゅうでんとう》を点《つ》けたり消《け》したりしながら、おそ松《まつ》は十四松《じゅうしまつ》に声《こえ》を掛《か》けた。

「じゃあ行《い》こうぜ十四松《じゅうしまつ》」

十四松《じゅうしまつ》は持《も》ってきたバットにお札《ふだ》をぺたりと貼《は》りつけて、素振《すぶ》りしながらおそ松《まつ》に返《かえ》す。

「よっしゃばっちこーい！」

いつでも球《たま》を打《う》ちかえせると言《い》わんばかりだ。打席《だせき》に入《はい》ったバッターよろしく、ややオープンスタンス気味《ぎみ》にかまえる十四松《じゅうしまつ》の手《て》を取《と》って、おそ松《まつ》はひっぱった。

「だーかーらー野球《やきゅう》じゃ無《な》くて今日《きょう》は肝試《きもだめ》しだからさ」

十四松《じゅうしまつ》が目《め》を見開《みひら》いた。

「ええええええええええええええええッ!?　野球《やきゅう》じゃ無《な》いのおおおおおおおお!?」

落《お》ちこむ十四松《じゅうしまつ》におそ松《まつ》は笑顔《えがお》で返《かえ》す。

「まあそうがっかりするなって。もしかしたらグローブとかバットとかボールのお化《ば》けが出《で》るかもしれないし」

適当《てきとう》なことを言《い》うおそ松《まつ》だが、それを聞《き》いて十四松《じゅうしまつ》はあっという間《ま》に立《た》ちなおった。瞳《ひとみ》をキラキラさせる。

「そっかー！　甲子園《こうしえん》の魔物《まもの》にあえるかもしれないんだね！」

おそ松《まつ》が首《くび》をかしげた。

「なんだよその魔物《まもの》って」

十四松《じゅうしまつ》は「魔物《まもの》は魔物《まもの》だよーおそ松兄《まつにい》さん！」と、具体的《ぐたいてき》にどんなお化《ば》けなのかは謎《なぞ》のままだ。それにしても、十四松《じゅうしまつ》にしてはうまいことを言《い》うものだと、おそ松《まつ》は思《おも》った。説《せつ》明《めい》のしようがない魔物《まもの》なら、魔物《まもの》としか言《い》いようがない。

まあいっか……と、おそ松《まつ》は森《もり》の入《い》り口《ぐち》に向《む》きなおった。目指《めざ》すは奥《おく》にある廃工場《はいこうじょう》だ。

ぽっかりと口《くち》を開《あ》けた森《もり》の入《い》り口《ぐち》におそ松《まつ》は踏《ふ》みいる。親鳥《おやどり》を追《お》いかけるひよこのように、十四松《じゅうしまつ》もそれについていくのだった。

森《もり》の中《なか》をおそ松《まつ》はゆっくり歩《ある》く。舗装《ほそう》されていない獣道《けものみち》なので、足下《あしもと》に気《き》をつけながら進《すす》んだ。

頭上《ずじょう》には高《たか》い木々《きぎ》の枝《えだ》が蓋《ふた》をするようにおおいかぶさって、空《そら》の月《つき》も厚《あつ》い雲《くも》の向《む》こう側《がわ》だ。

先《さき》ほどまで聞《き》こえていた虫《むし》の声《こえ》が、いつの間《ま》にかぱったりやんでいた。

その代《か》わりに、おそ松《まつ》の後《うし》ろから元気《げんき》な声《こえ》が飛《と》びまくる。十四松《じゅうしまつ》だ。バットをふりまわしながらあいさつ（？）をはじめた。

「お疲《つか》れ様《さま》です！　ご苦労様《くろうさま》です！　あ！　お久《ひさ》しぶりです！　お元気《げんき》でしたか？　はい！　そうですね！　ぼくは元気《げんき》です！」

おそ松《まつ》はため息混《いきま》じりにふりかえった。

「なあ十四松《じゅうしまつ》、さっきからなにひとりで言《い》ってるんだ？」

十四松《じゅうしまつ》はあっけらかんとした顔《かお》で返《かえ》した。

「あいさつだよおそ松兄《まつにい》さん」

「あいさつって……ああ！　しかけ人《にん》の人《ひと》たちにか。そういうのいいって。向《む》こうもやりづらいだろうし。あー、どうりで誰《だれ》もおどかしに来《こ》ないわけだ」

歩《ある》きはじめて三分《ぷん》ほど。暗《くら》い森《もり》の道《みち》が続《つづ》くばかりで、あいかわらずお化《ば》けが出《で》てくる気《け》配《はい》が無《な》い。

十四松《じゅうしまつ》があいさつしてしまったせいだろう。おどかす側《がわ》としては不意打《ふいう》ちしてなんぼなのに、十四松《じゅうしまつ》ときたら、しかけ人《にん》たちがおどかすよりも早《はや》く、隠《かく》れている場《ば》所《しょ》を見《み》つけてしまうのだ。しかもバットをふりまわしているので、ある意味《いみ》お化《ば》けよりも危険《きけん》だ。

底抜《そこぬ》けに明《あか》るい十四松《じゅうしまつ》といっしょだと、暗《くら》い森《もり》もまったく怖《こわ》くない。ちょっとがっかりだなと、おそ松《まつ》は思《おも》う。

十四松《じゅうしまつ》がそんなおそ松《まつ》に聞《き》いた。

「ねえ、おそ松兄《まつにい》さん。しかけ人《にん》って？」

「お前《まえ》がさっきからあいさつしてる連中《れんちゅう》のことだよ。しかし、よくこんなに暗《くら》いのに見《み》つけられるな」

懐中電灯《かいちゅうでんとう》で照《て》らしても、茂《しげ》みや物陰《ものかげ》に隠《かく》れているしかけ人《にん》を見《み》つけるには、よっぽど注《ちゅう》意《い》して見《み》なくちゃならない。

現《げん》に、おそ松《まつ》は見《み》つけられていなかった。先《さき》に見《み》つけてやろうとがんばってさがしているのに、また、十四松《じゅうしまつ》がおそ松《まつ》を差《さ》しおいてあいさつする。

「お疲《つか》れ様《さま》です！　え？　お休《やす》みのところでしたか！　失礼《しつれい》しましたー！」

これじゃ肝試《きもだめ》しではなく、しかけ人《にん》見《み》つけゲームだ。

おそ松《まつ》は軽《かる》く後《うし》ろ頭《あたま》をかく。

「いや、みんなごめんねー。うちの十四松《じゅうしまつ》が見《み》つけちゃって。そりゃあ、出《で》てこられないよね空気的《くうきてき》に」

誰《だれ》からも返事《へんじ》は無《な》い。焦《あせ》ったようにおそ松《まつ》が付《つ》けくわえる。

「ですよねー。返事《へんじ》なんかしちゃったら余計《よけい》に興《きょう》ざめだし……」

森《もり》はまったくのノーリアクションだ。おそ松《まつ》はため息混《いきま》じりに立《た》ちどまった。

「ハァ……つうか、すごいな、しかけ人《にん》。プロすぎるっつーか……こっちの声《こえ》に反応《はんのう》しないのはわかるけど、気配《けはい》がまったく無《な》いし」

それを見《み》つける十四松《じゅうしまつ》も十四松《じゅうしまつ》だ。

十四松《じゅうしまつ》は素振《すぶ》りをしながらマイペースに歩《ある》きつづける。おそ松《まつ》を追《お》いぬいて先《さき》に進《すす》むと、またしても声《こえ》を上《あ》げた。

誰《だれ》もいない道《みち》の真《ま》ん中《なか》に、さっと頭《あたま》を下《さ》げる。

「ご苦労様《くろうさま》です！」

隠《かく》れられる場所《ばしょ》なんてどこにもない。頭《あたま》を下《さ》げてから十四松《じゅうしまつ》は道《みち》の脇《わき》によって、再《ふたた》び歩《ある》きだした。まるでそこにいる〝誰《だれ》か〟に道《みち》でも譲《ゆず》ったみたいに。

おそ松《まつ》がふるえる指《ゆび》で、十四松《じゅうしまつ》が今《いま》し方《がた》お辞儀《じぎ》をしたあたりを指《さ》ししめした。

「お、おおおお、おい待《ま》て十四松《じゅうしまつ》！　お前《まえ》、いったい誰《だれ》にあいさつしたんだ？」

立《た》ちどまると十四松《じゅうしまつ》が顔《かお》だけをおそ松《まつ》の方《ほう》に向《む》ける。その首《くび》がくるりと180度《ど》回《まわ》った。体《からだ》をよじることなく、首《くび》から上《うえ》をおそ松《まつ》の方《ほう》に向《む》けて十四松《じゅうしまつ》が言《い》う。

「誰《だれ》って……見《み》えないの？　おそ松兄《まつにい》さん」

「見《み》えない……いやいやいやいや、見《み》えないじゃなくて誰《だれ》もいないだろ？　お兄《にい》ちゃんを騙《だま》そうとしてもそうは行《い》かないぞ！」

十四松《じゅうしまつ》は真顔《まがお》になった。

「おそ松兄《まつにい》さん、誰《だれ》もいないだなんて、女《おんな》の人《ひと》にそういう態度《たいど》はよくないよ。目《め》の前《まえ》にいるのにいない人扱《ひとあつか》いなんてさ」

「お、女《おんな》の……人《ひと》？」

十四松《じゅうしまつ》はうなずいた。あいかわらず体《からだ》だけは前《まえ》を向《む》いている。

「うん！　白《しろ》い顔《かお》の女《おんな》の人《ひと》。そこで座《すわ》りこんでるじゃない。おしゃれな人《ひと》で、真《ま》っ赤《か》な口紅《くちべに》をしてるんだよ……って、見《み》ればわかるよねおそ松兄《まつにい》さん？　アハハハ！」

いつも通《どお》り笑《わら》う十四松《じゅうしまつ》だが、その普段《ふだん》と変《か》わらないいっぷりが恐《おそ》ろしい。

おそ松《まつ》の背筋《せすじ》がブルッとふるえた。

「見《み》ればわかるって……じょ、冗談《じょうだん》だろ？」

十四松《じゅうしまつ》が小《ちい》さく息《いき》を吐《つ》く。

「あーもう、冗談《じょうだん》なんて言《い》ってないよ。おそ松兄《まつにい》さんが意地悪《いじわる》言《い》うから、怒《おこ》っちゃったみたい」

「そ、そうやって俺《おれ》を担《かつ》ごうとしてるんだな？」

おそ松《まつ》がビシッと十四松《じゅうしまつ》の顔《かお》を指《ゆび》さした。だが、十四松《じゅうしまつ》は気《き》にするそぶりも見《み》せない。そのらんらんとした瞳《ひとみ》がゆっくりと〝なにか〟が通《とお》りすぎるのを追《お》いかけるように動《うご》きつづける。

「あ！　兄《にい》さんの方《ほう》に向《む》かって歩《ある》いていってる」

十四松《じゅうしまつ》の視線《しせん》の先《さき》にはなにも無《な》いし、誰《だれ》もいない。おそ松《まつ》は「十四松《じゅうしまつ》って俺《おれ》を騙《だま》すような演技《えんぎ》……できるのか？」と、つぶやいた。

その疑問《ぎもん》に答《こた》えは出《で》ず、十四松《じゅうしまつ》がおそ松《まつ》に告《つ》げる。

「ほら、道《みち》を避《よ》けてあげて、おそ松兄《まつにい》さん。このままだとぶつかっちゃうよ？　こういうのってレディーファーストっていうんでしょ？」

その時《とき》、おそ松《まつ》の体《からだ》の中《なか》を冷気《れいき》のようなものが抜《ぬ》けていった。指先《ゆびさき》から一気《いっき》に体温《たいおん》が奪《うば》われるような悪寒《おかん》だ。

十四松《じゅうしまつ》が言《い》う。

「あーもう、言《い》わんこっちゃない。けど不思議《ふしぎ》だね。目《め》の錯覚《さっかく》かなぁ？　おそ松兄《まつにい》さんを女《おんな》の人《ひと》がすり抜《ぬ》けていったように見《み》えたけど」

おそ松《まつ》は手《て》に持《も》った懐中電灯《かいちゅうでんとう》をふりまわす。

「う、うう、うわあああああああああああああああああ！」

絶叫《ぜっきょう》が暗《くら》い森《もり》にひびきわたった。

おそ松《まつ》はいてもたってもいられず、暗《くら》い森《もり》の道《みち》を逃《に》げるように走《はし》る。背中《せなか》の方《ほう》から「待《ま》ってよ、おそ松兄《まつにい》さん〜〜！　あんまり急《いそ》ぐと危《あぶ》ないよぉ〜〜！」と、十四松《じゅうしまつ》の呼《よ》びとめる声《こえ》がした。

「急《いそ》ぐだろ普通《ふつう》！　っていうか今《いま》が危険《きけん》な状態《じょうたい》だから！　なんでお前《まえ》は平然《へいぜん》としていられるんだああああああああ！」

懐中電灯《かいちゅうでんとう》を握《にぎ》りしめて、おそ松《まつ》は走《はし》る。

その首筋《くびすじ》にぺたりと湿《しめ》ったなにかが貼《は》りついた。

「うおわああああああああああああああああああ！」

そのぺたっとした感触《かんしょく》がなんなのかもわからないまま、おそ松《まつ》は全力疾走《ぜんりょくしっそう》したのだが、息《いき》が持《も》たなくなって立《た》ちどまった。

ふるえる膝《ひざ》に手《て》をついて、おそ松《まつ》は肩《かた》で息《いき》をする。

「ハア……ハア……なんなんだよ……まったく」

「あれ？　おそ松兄《まつにい》さんどうしたの？」

おそ松《まつ》が顔《かお》を上《あ》げると、そこには十四松《じゅうしまつ》の姿《すがた》があった。

不思議《ふしぎ》そうにおそ松《まつ》を見《み》つめてくる。まだ呼吸《こきゅう》が整《ととの》わないままだが、おそ松《まつ》は声《こえ》を絞《しぼ》りだした。

「なんでお前《まえ》が先《さき》にいるんだよ!?」

「えぇぇ〜ぼくはずっとここでおそ松兄《まつにい》さんを待《ま》ってたよ？　そしたら後《うし》ろの方《ほう》から走《はし》ってくるから、びっくりしちゃった」

十四松《じゅうしまつ》がウソを吐《つ》いているような気配《けはい》は無《な》い。おそ松《まつ》はおでこいっぱいにかいた汗《あせ》をぬぐいながら、懐中電灯《かいちゅうでんとう》で走《はし》ってきた道《みち》を照《て》らす。

まっすぐ走《はし》って逃《に》げたつもりだったが、どこかで脇道《わきみち》に入《はい》ってぐるっと一周《いっしゅう》してきてしまったのかもしれない。

おそ松《まつ》は恐《おそ》る恐《おそ》る聞《き》く。

「なあ十四松《じゅうしまつ》……周《まわ》りに誰《だれ》かいたりしないよな？」

「うん！　他《ほか》には誰《だれ》もいないよぉ」

安心《あんしん》はできないものの、ひとまずセーフのようだ。

おそ松《まつ》は十四松《じゅうしまつ》の手《て》を取《と》った。

「ともかく、先《さき》に進《すす》んでとっととクリアするぞ！」

「そうだねおそ松兄《まつにい》さん！」

ふと、おそ松《まつ》は気《き》づいた。

「なあ十四松《じゅうしまつ》……お前《まえ》……バットは？」

「……………？」

十四松《じゅうしまつ》は目《め》をまんまるくさせて小《ちい》さく首《くび》をかしげる。大切《たいせつ》にしているバットをなくすなんて変《へん》だなと思《おも》いながらも、この場《ば》から立《た》ちさりたい気持《きも》ちが勝《まさ》って、おそ松《まつ》は先《さき》へと進《すす》んだ。

廃工場《はいこうじょう》までの道《みち》のりで、おそ松《まつ》たちは誰《だれ》とも出会《であ》わなかった。

腕組《うでぐ》みしながらおそ松《まつ》はつぶやく。

「さっきの悪寒《おかん》は偶然《ぐうぜん》か？　っていうか、お化《ば》け出《で》てこないんだけど……」

歩《ある》きつづけ、森《もり》を抜《ぬ》けた先《さき》にそびえ立《た》つ、巨大《きょだい》な工場《こうじょう》の建物《たてもの》の前《まえ》でおそ松《まつ》と十四松《じゅうしまつ》は足《あし》をとめた。

「ねえおそ松兄《まつにい》さん！　なんだか嫌《いや》な予感《よかん》がするんだ」

「嫌《いや》な予感《よかん》って……なにがどう嫌《いや》な予感《よかん》なわけ？」

「あははは ぁ……わかんない！」

十四松《じゅうしまつ》の言《い》うことだ。深《ふか》く考《かんが》えてもしかたないとおそ松《まつ》は思《おも》った。

建物《たてもの》の正面入《しょうめんい》り口《ぐち》には大《おお》きな鉄《てつ》の扉《とびら》がデンッとかまえている。おそ松《まつ》が鉄扉《てっぴ》を開《ひら》いた。

「よいしょ……っと！　神棚《かみだな》はこの中《なか》だな。はぁ……しんどかったぁ」

懐中電灯《かいちゅうでんとう》でおそ松《まつ》が中《なか》を照《て》らすと、そこに二《ふた》つの影《かげ》が立《た》っていた。

「うおわあああああああああ！」

おそ松《まつ》が悲鳴《ひめい》を上《あ》げる。が、十四松《じゅうしまつ》は冷静《れいせい》だ。

「大丈夫《だいじょうぶ》だよ、おそ松兄《まつにい》さん。ほら……ただの鏡《かがみ》だって」

おそ松《まつ》が見《み》た人影《ひとかげ》は、大《おお》きな鏡《かがみ》に映《うつ》った自分《じぶん》と十四松《じゅうしまつ》の姿《すがた》だった。

「な、なーんだ。びっくりさせんなっつーの！　しかしなんで入《い》り口《ぐち》に鏡《かがみ》なんて置《お》いてあるんだ？」

畳《たたみ》四枚分《まいぶん》くらいの巨大《きょだい》な鏡《かがみ》をおそ松《まつ》がじっと確認《かくにん》する。

映《うつ》っているのは自分《じぶん》と十四松《じゅうしまつ》だが、鏡《かがみ》がゆがんでいるのか十四松《じゅうしまつ》の顔《かお》だけが風船《ふうせん》のようにふくらんで見《み》えた。

いや、今《いま》もふくらみつづけている。鏡《かがみ》に映《うつ》った十四松《じゅうしまつ》の姿《すがた》はどんどん大《おお》きくなっていった。

「なんだよ……この鏡《かがみ》。ゆがんでるのか？」

おそ松《まつ》の背後《はいご》から、野太《のぶと》い声《こえ》がひびいた。

「そんなことはないと思《おも》うよ。おそ松兄《まつにい》さん」

口《くち》ぶりだけは十四松《じゅうしまつ》だ。おそ松《まつ》は背後《はいご》からなにか得体《えたい》の知《し》れない圧迫感《あっぱくかん》を覚《おぼ》えた。

「お、おい。よく見《み》ろよ十四松《じゅうしまつ》。お前《まえ》の姿《すがた》だけ……でっかく映《うつ》ってるだろ？　こんなの絶対《ぜったい》におかしいって」

「えー……そっかなぁ？」

あっという間《ま》に十四松《じゅうしまつ》の姿《すがた》は鏡《かがみ》の中《なか》に収《おさ》まりきらない大《おお》きさになった。おそ松《まつ》は息《いき》をのむ。試《ため》しに十四松《じゅうしまつ》の映《うつ》っているあたりに手《て》をのばしてみても、おそ松《まつ》の手《て》が鏡《かがみ》に大《おお》きく映《うつ》るようなことは無《な》かった。

十四松《じゅうしまつ》が言《い》う通《とお》り、鏡《かがみ》はゆがんでいないのかもしれない。となると、おそ松《まつ》にとってふりかえって確認《かくにん》するのがとっても怖《こわ》い状況《じょうきょう》だ。

「ま、まあいいや。行《い》くぞ十四松《じゅうしまつ》」

おそ松《まつ》はふりかえらずに建物《たてもの》の中《なか》に飛《と》びこんだ。心臓《しんぞう》がバクバクと音《おと》を立《た》てる。

背後《はいご》のアレは本当《ほんとう》に十四松《じゅうしまつ》なのだろうか？　どこかで入《い》れかわった？　もしかしてさっき、森《もり》で逃《に》げた時《とき》か？　そういえば十四松《じゅうしまつ》が持《も》っていたはずのバットが消《き》えていた……。

「待《ま》ってよ、おそ松兄《まつにい》さん。入《い》り口《ぐち》が狭《せま》くて腕《うで》しか入《はい》らないや」

ぬうっと巨大《きょだい》な腕《うで》がのびて、おそ松《まつ》の頭《あたま》を十四松《じゅうしまつ》の人差《ひとさ》し指《ゆび》と親指《おやゆび》がそっとつまみ上《あ》げた。おそ松《まつ》の体《からだ》がブンッと後《うし》ろにひっぱられる。

「うわあああああああああああああああああ！」

「いっただっきまーす」

悲鳴《ひめい》がぴたりと途切《とぎ》れる。

おそ松《まつ》の手《て》から放《ほう》りだされた懐中電灯《かいちゅうでんとう》だけが、取《と》りのこされるように廃工場《はいこうじょう》の入《い》り口《ぐち》に転《ころ》がった。


〈十四松《じゅうしまつ》（？）エンド　バッドエンド　112ページにもどってください〉

5 トド松《まつ》編《へん》

懐中電灯《かいちゅうでんとう》をガンマンの銃《じゅう》のように手《て》の中《なか》で器用《きよう》に回転《かいてん》させてから、おそ松《まつ》はビシッとトド松《まつ》の顔《かお》を指《ゆび》さした。

「行《い》こうぜトド松《まつ》！」

トド松《まつ》は首《くび》を左右《さゆう》にふった。

「え？　ボクは行《い》かないよ？」

おそ松《まつ》が真顔《まがお》になる。感情《かんじょう》のこもっていない瞳《ひとみ》で淡々《たんたん》と告《つ》げた。

「いや、行《い》かないとかないから。全員参加《ぜんいんさんか》だから」

お兄《にい》ちゃんの強引《ごういん》さにめげることなく、トド松《まつ》はウインクで返《かえ》す。

「っていうかぁ、6人《にん》もいるんだからボクひとり参加《さんか》しなくても良《よ》くない？　他《ほか》の誰《だれ》かといっしょに行《い》ってきなよ、おそ松兄《まつにい》さん」

　真顔《まがお》から一転《いってん》して、おそ松《まつ》は邪悪《じゃあく》な笑《え》みを浮《う》かべた。
「はっはーん！　さては怖《こわ》いんだろトド松《まつ》？　大丈夫《だいじょうぶ》だって。肝試《きもだめ》しっていっても本物《ほんもの》が出《で》る確率《かくりつ》なんてぐっと低《ひく》いわけだし。さっき言《い》ったのもぜんぶ噂《うわさ》だからさ！」
　へらへらっとした表情《ひょうじょう》のまま、おそ松《まつ》はトド松《まつ》の腕《うで》をつかむ。が、トド松《まつ》はやんわりふりはらった。やられたらやりかえすことは苦手《にがて》だが、やられる前《まえ》に「断《ことわ》る」「流《なが》す」「塩対応《しおたいおう》」がトド松《まつ》の防衛術《ぼうえいじゅつ》だ。
「いや無《な》いから。それに今《いま》の言《い》い方《かた》だと低《てい》確率《かくりつ》で本物《ほんもの》出《で》ちゃうみたいでしょ？　そういうのやめてくれるかな？」

おそ松《まつ》がトド松《まつ》につめよった。

「はぁん？　出《で》たら出《で》たでおもしろいじゃん本物《ほんもの》！　むしろ超《ちょう》レア！　ラッキー！　みたいな」

トド松《まつ》は不機嫌《ふきげん》そうにそっぽを向《む》いた。

「はいはい。じゃあおそ松兄《まつにい》さんひとりで行《い》ってくれば？」

おそ松《まつ》は小《ちい》さく息《いき》を吐《つ》くと、もう一度《いちど》トド松《まつ》の腕《うで》にすがりつくようにくっついてきた。

「ああごめんよぉ悪《わる》かったよぉ。お兄《にい》ちゃんもう意地悪《いじわる》言《い》わないからさ、いっしょに楽《たの》しもうぜトド松《まつ》ぅ？」

甘《あま》えるような猫《ねこ》なで声《ごえ》のおそ松《まつ》に、トド松《まつ》はしぶしぶうなずいた。

「もぅ～しょうがないなぁ。悪《わる》ふざけしてボクの事《こと》をおどかすのは無《な》しだからね」

「わかったわかった！　それじゃあさっそく行《い》ってみようぜ！」

トド松《まつ》はわたされた奉納《ほうのう》のお札《ふだ》を手《て》にして、ため息混《いきま》じりにおそ松《まつ》の後《あと》についていった。

森《もり》の中《なか》をおそ松《まつ》は楽《たの》しげに進《すす》む。舗装《ほそう》されていない獣道《けものみち》なので、足下《あしもと》を懐中電灯《かいちゅうでんとう》で照《て》らしながらだ。

「なんかワクワクするなトッティ？」

「こういうのって、女《おんな》の子《こ》といっしょに楽《たの》しむものだよね」

「そっかぁ？　まあ、怖《こわ》くなったらいつでもお兄《にい》ちゃんの胸《むね》に飛《と》びこんできてくれていいからな」

軽《かる》く手《て》を握《にぎ》って、拳《こぶし》で胸《むね》をトンッとたたきながらおそ松《まつ》は自信満々《じしんまんまん》だ。

頭上《ずじょう》には高《たか》い木々《きぎ》の枝《えだ》が蓋《ふた》をするようにおおいかぶさっていた。それでも、雲《くも》と枝葉《えだは》の切《き》れ間《ま》から月明《つきあ》かりがやさしく照《て》らしている。

けたたましく鳴《な》く虫《むし》の声《こえ》は息《いき》を潜《ひそ》めて、森《もり》は静《しず》かだ。

トド松《まつ》が聞《き》いた。

「ねえ、おそ松兄《まつにい》さん。なんでボクなの？」

おそ松《まつ》は小《ちい》さく首《くび》をひねる。

「誰《だれ》と行《い》ってもおもしろくなりそうだなって思《おも》ったんだけど……お前《まえ》があんまりグズるからさ。ここはお兄《にい》ちゃんが責任《せきにん》を持《も》って、いっしょに行《い》ってやろうと思《おも》ったわけだよ」

「べ、別《べつ》にグズッてないから！　ほら、とっとと行《い》くよ。早《はや》く終《お》わらせて早《はや》く帰《かえ》ろ！」

おそ松《まつ》を追《お》いこしてトド松《まつ》が先《さき》に進《すす》んだ瞬間《しゅんかん》――

トド松《まつ》の首筋《くびすじ》に冷《つめ》たいなにかがぺたりと貼《は》りついた。が、意外《いがい》や冷静《れいせい》にトド松《まつ》は首筋《くびすじ》にくっついたものを指《ゆび》でつまんで、まじまじと確認《かくにん》する。

透明《とうめい》な糸《いと》にコンニャクが下《さ》がってぷらぷらとゆれていた。

釣《つ》り竿《ざお》の先《さき》っぽが茂《しげ》みの奥《おく》からにょっきりのびている。トド松《まつ》はおそ松《まつ》に告《つ》げた。

「ただのコンニャクだね、おそ松兄《まつにい》さん」

「あ、ああ。コンニャクだな。なんだ子供騙《こどもだま》しかよ。けどまあ、この調子《ちょうし》なら最後《さいご》まで楽勝《らくしょう》っぽいな」

森《もり》の奥《おく》へと続《つづ》く道《みち》は、真《ま》っ暗《くら》で不気味《ぶきみ》だった。トド松《まつ》はため息《いき》を吐《つ》く。

「いや、あのね、おそ松兄《まつにい》さん。ボクとしては帰《かえ》りたい。できれば今《いま》すぐ帰《かえ》りたい！」

「えっ!?　なんで？　最初《さいしょ》の関門《かんもん》クリアしたじゃん？　つーかコンニャクトラップが大丈夫《だいじょうぶ》なら、この先《さき》だって問題無《もんだいな》いだろ？」

「コンニャクは怖《こわ》くないよ。だってお化《ば》けでも幽霊《ゆうれい》でもない、ただのコンニャクだもの。

けど……この先《さき》には本物《ほんもの》が出《で》るかもしれないわけでしょ？　そのリスクを考《かんが》えると……ちょっとねぇ。一応《いちおう》ちゃんと怖《こわ》い目《め》にもあったし、ここはリタイアってことでいいんじゃないかな？」

ドライに割《わ》りきりつつも、やっぱり怖《こわ》いものは怖《こわ》いというトド松《まつ》に、おそ松《まつ》はあきれ顔《がお》だ。

「ふーん。とはいえ俺《おれ》はまだ怖《こわ》い目《め》にあってないし……まあお前《まえ》がどうしても帰《かえ》りたいって言《い》うならしかたないか。もどっていいぜ。お兄《にい》ちゃんはひとりででも先《さき》に行《い》くけど……にしても、お前大丈夫《まえだいじょうぶ》なのか？　心配《しんぱい》だなぁ。夜中《よなか》トイレにも行《い》けないビビリのトド松《まつ》が、この暗《くら》い森《もり》の道《みち》を懐中電灯《かいちゅうでんとう》も無《な》しに、ひとりぼっちでもどれるのかなぁ？」

トド松《まつ》が涙目《なみだめ》になりながら叫《さけ》んだ。

「鬼《おに》！　悪魔《あくま》！　人《ひと》でなし！　長男《ちょうなん》！」

「長男《ちょうなん》は悪口《わるくち》じゃないだろ。で、どうするよトド松《まつ》？」

一応《いちおう》、スマホのライトを使《つか》えば明《あ》かりはある。

が、肩《かた》をプルプルと小型犬《こがたけん》のようにふるえさせながら「わかった行《い》くよ行《い》けばいいんでしょ！」と、トド松《まつ》はキレ気味《ぎみ》に返《かえ》した。コンニャクのように正体《しょうたい》がわかれば怖《こわ》くない。トド松《まつ》にとってなにが怖《こわ》いのかといえば、相手《あいて》の正体《しょうたい》がわからないことと、孤立《こりつ》することなのだ。


再出発《さいしゅっぱつ》した二人《ふたり》は森《もり》の中《なか》のうねるような小道《こみち》を進《すす》む。

森《もり》の中《なか》に風《かぜ》が吹《ふ》いただけで、トド松《まつ》はいちいち声《こえ》を上《あ》げた。

「うわ！　今《いま》あそこになにかいたかも！　ほら、あの木《き》の上《うえ》の枝《えだ》のあたり！」

「なんもいないって。風《かぜ》で枝《えだ》がゆれたんだよ」

ビクビクしていて、なかなか先《さき》に進《すす》まない。ここでトド松《まつ》を残《のこ》して、走《はし》って先《さき》に行《い》ったらどうなるだろう？　と、おそ松《まつ》の中《なか》でイタズラ心《ごころ》がふくらんだ。

が、トド松《まつ》はおそ松《まつ》の服《ふく》のすそをギュッと握《にぎ》った。

「わかってると思《おも》うけど、ボクを残《のこ》してダッシュなんて無《な》しだからね……おそ松兄《まつにい》さん」

感情《かんじょう》のこもっていない真顔《まがお》だ。おそ松《まつ》は焦《あせ》り気味《ぎみ》に返《かえ》す。

「は、ははは！　そんなことするわけないだろ？」

すぐにトド松《まつ》が笑顔《えがお》になった。

「そうだよねー。約束《やくそく》したもんねー。おそ松兄《まつにい》さんはボクを守《まも》ってくれるんだもんねー」

二人《ふたり》は歩《ある》きだす。

しばらくクネクネとした道《みち》が続《つづ》いたが、コンニャクのしかけがあったきりなにも起《お》こる気配《けはい》がない。

道《みち》がまっすぐになったところで、見上《みあ》げれば遠《とお》かった廃工場《はいこうじょう》の建物《たてもの》もずいぶんと近《ちか》づいてきた。ここを抜《ぬ》ければ工場《こうじょう》の入《い》り口《ぐち》に着《つ》きそうだ。

懐中電灯《かいちゅうでんとう》を手《て》の中《なか》でクルクルと遊《あそ》ばせて、おそ松《まつ》がぼそりとつぶやく。

「なーんか拍子抜《ひょうしぬ》けだな。もっと色《いろ》んなお化《ば》けとか出《で》てくるかと思《おも》ったのに」

トド松《まつ》は首《くび》を左右《さゆう》にふった。

「出《で》てこない方《ほう》がいいから。ボクとしては、このまま何事《なにごと》も無《な》く終《お》わってくれればいいんで。ほら、先《さき》に行《い》ってよ長男《ちょうなん》でしょ盾松兄《たてまつにい》さん……じゃないやおそ松兄《まつにい》さん」

おそ松《まつ》の背中《せなか》をトド松《まつ》が両腕《りょううで》でぐいぐい押《お》す。

「自分《じぶん》で歩《ある》くから押《お》すなって！」

と、おそ松《まつ》が足《あし》を踏《ふ》みだそうとしたその時《とき》、突然《とつぜん》二人《ふたり》の目《め》の前《まえ》に巨大《きょだい》な顔《かお》があらわれた。

それは……十四松《じゅうしまつ》の顔《かお》だ。視点《してん》が定《さだ》まらず、ぼんやりと空《そら》を見上《みあ》げている。

おそ松《まつ》が、悲鳴《ひめい》を上《あ》げそうになった瞬間《しゅんかん》

――

「わああもごもごおごごごおごごごごごごごごご!」

トド松《まつ》がおそ松《まつ》の口《くち》をおおった。それでも手遅《ておく》れだったようで、巨大十四松《きょだいじゅうしまつ》の瞳《ひとみ》がすうっと二人《ふたり》を見下《みお》ろした。

目《め》が合《あ》った。化《ば》け物《もの》と。人間《にんげん》を一口《ひとくち》で呑《の》みこんでしまいそうな、大《おお》きな口《くち》が開《ひら》く。

生《なま》ぬるい息《いき》がぶわあああっと広《ひろ》がった。巨《きょ》大《だい》十《じゅう》四《し》松《まつ》の声《こえ》が野太《のぶと》くひびく。

「問題《もんだい》です！　野球《やきゅう》をしていたらバッターが突然《とつぜん》クイズを出《だ》しました！　どんなクイズでしょーか？　五秒《びょう》で答《こた》えてね」

二人《ふたり》をじっと見《み》つめて視線《しせん》を一切《いっさい》外《はず》さないまま、巨《きょ》大《だい》十《じゅう》四《し》松《まつ》は「五……四……三……」とカウントをはじめた。

トド松《まつ》が叫《さけ》ぶ。

「い、いやちょっと待《ま》って！　まちがうとどうなるの!?」

巨《きょ》大《だい》十《じゅう》四《し》松《まつ》はカウントをとめた。

「えっとねー……食《た》べちゃおうかな……あははは」

おそ松《まつ》はガタガタとふるえてその場《ば》にへたりこんでしまった。

「に、にに逃《に》げようトド松《まつ》！」

「無《む》理《り》無《む》理《り》無《む》理《り》！　う……動《うご》けないよ！！！」

トド松《まつ》も、どうやら完全《かんぜん》に腰《こし》を抜《ぬ》かしたようだ。

巨《きょ》大《だい》十《じゅう》四《し》松《まつ》がカウントを再開《さいかい》した。

「えーっと……三……二……」

トド松《まつ》が声《こえ》を上《あ》げる。

「もう一度問題教《いちどもんだいおし》えて！　ちゃんと聞《き》いてなかったから」

巨大十四松《きょだいじゅうしまつ》はため息《いき》を吐《つ》いた。

「しょうがないなー。えーっと……野球《やきゅう》をしていたらバッターが突然《とつぜん》クイズを出《だ》しました！　どんなクイズでしょーか？」

トド松《まつ》はうんうんと首《くび》を縦《たて》にふりながら確認《かくにん》した。

「う、うん。えーと、何秒《なんびょう》で答《こた》えるんだっけ？」

「えっとねー……あれ？　ぼく、何秒《なんびょう》って言《い》ったっけ？」

「たしかご……五十秒《びょう》だったかな？」

「えー――長《なが》くない？」

「ほら、むずかしいクイズだから解《と》くのにも時間《じかん》がかかるし」

「あ！　たしかに!!　わかった、じゃあ答《こた》えてね。五十……四十九……四十八……」

トド松《まつ》は半《はん》べそをかきながら、なんとかこの場《ば》から逃《に》げだしたい一心《いっしん》で、立《た》ちあがり、

おそ松《まつ》の腕《うで》をぐいっとつかんだ。

「ほら、行《い》くよおそ松兄《まつにい》さん！」

「お、おお、おう！　けどクイズは？」

「そんなのどうでもいいから！」

トド松《まつ》が時間《じかん》を稼《かせ》いだおかげで、おそ松《まつ》もなんとか立《た》ちあがることができた。よろけながらもトド松《まつ》に肩《かた》を借《か》りて、おそ松《まつ》は大《おお》きく息《いき》を吐《つ》く。

巨大十四松《きょだいじゅうしまつ》がカウントをやめてトド松《まつ》に聞《き》いた。

「あれ？　どこに行《い》くの？」

「あ、あのね、ボクらって走《はし》りながらの方《ほう》が頭《あたま》も回《まわ》るんだ」

「へーそうなんだぁ」

感心《かんしん》したように巨大十四松《きょだいじゅうしまつ》は笑《わら》った。トド松《まつ》は青《あお》ざめた顔《かお》だ。恐怖《きょうふ》で今《いま》にも口《くち》から心臓《しんぞう》が飛《と》びだしそうになるのをこらえて、交渉《こうしょう》する。

「この道《みち》ってまっすぐだから、走《はし》りやすいし考《かんが》え事《ごと》にぴったりかなぁ……って」

「そうだねー。じゃあシンキングタイム！　えーと……」

「たしか五十秒《びょう》で考《かんが》えるんだよね？」

「うん、そうだよ！　親切《しんせつ》に教《おし》えてくれてありが盗塁王《とうるいおう》！　五十……四十九……四十八……」

再《ふたた》びカウントをリセットして、トド松《まつ》はおそ松《まつ》の腕《うで》をひっぱり走《はし》る。

おそ松《まつ》も死《し》にそうな顔《かお》だが、恐怖《きょうふ》と同《おな》じくらいおどろいてもいた。

「トド松《まつ》お前《まえ》……すごいな」

「う、うん……自分《じぶん》でもびっくりしてる。けど、相手《あいて》を十四松兄《じゅうしまつにい》さんだと思《おも》ったら、なんとかなったみたい」

これが人心掌握術《じんしんしょうあくじゅつ》の達人《たつじん》、末《すえ》っ子松野《こまつの》トド松《まつ》の実力《じつりょく》（？）だ。

数《かぞ》えることに集中《しゅうちゅう》している巨大十四松《きょだいじゅうしまつ》を避《さ》けつつ、必死《ひっし》で走《はし》って二人《ふたり》は工場《こうじょう》の入《い》り口《ぐち》にたどり着《つ》いた。入《い》り口《ぐち》らしき大《おお》きな鉄《てつ》の扉《とびら》がある。おそ松《まつ》が扉《とびら》にかけよった。

「よし！　この中《なか》に入《はい》れば……」

扉《とびら》を開《あ》けようとしたその時《とき》——

「お時間《じかん》でえええええええええええええええええええええええええええええええす！」

森《もり》の奥《おく》から巨大十四松《きょだいじゅうしまつ》の声《こえ》がひびいた。

巨大《きょだい》な顔《かお》がはねるように森《もり》から廃工場《はいこうじょう》に向《む》かって飛《と》んでくる。

「うわああああああああああああああああああああ!!」

おそ松《まつ》もトド松《まつ》も絶叫《ぜっきょう》した。二人《ふたり》の目《め》の前《まえ》にドスンと着地《ちゃくち》すると、顔《かお》だけの巨大十四松《きょだいじゅうしまつ》がせまる。

「答《こた》えは？」

おそ松《まつ》は頭《あたま》の中《なか》が真《ま》っ白《しろ》だ。だが、トド松《まつ》はかすかに覚《おぼ》えていた。

野球用語《やきゅうようご》で超重要《ちょうじゅうよう》な言葉《ことば》を……。

トド松《まつ》は顔《かお》を上《あ》げると巨大十四松《きょだいじゅうしまつ》をじっと見《み》つめる。

「えっと……問題《もんだい》、なんだっけ？」

「もうその手《て》には乗《の》らないよー」

「すぐに答《こた》えるから。それとも、ボクがどんな回答《かいとう》をするか聞《き》かないままでいいの？」

巨大十四松《きょだいじゅうしまつ》は半分口《はんぶんくち》を開《あ》けたまま、じーっとトド松《まつ》を見《み》つめた。

「…………えーと、野球《やきゅう》をしていたらバッターが突然《とつぜん》クイズを出《だ》しました！　どんなクイズでしょーか？」

トド松《まつ》は頭《あたま》の中《なか》に残《のこ》っていた言葉《ことば》をそのまま口《くち》にした。

「○◆×△●□※!!」

その声《こえ》を、言葉《ことば》を聞《き》いて巨大十四松《きょだいじゅうしまつ》はゆっくりと目《め》を閉《と》じる。

「せーいかーい……それじゃあまたねー」

巨大《きょだい》な顔《かお》は霧《きり》のようにぼやけると、風《かぜ》に吹《ふ》かれてちりぢりに消《き》えた。

トド松《まつ》がその場《ば》に尻餅《しりもち》をつく。

「はぁ……はぁ……なんとか……なったのかな」

すぐにおそ松《まつ》がトド松《まつ》にかけよった。

「大丈夫《だいじょうぶ》か！　いや、すごいぞトド松《まつ》！　なんで答《こた》えがわかったんだよ？」

「前《まえ》に十四松兄《じゅうしまつにい》さん……だったのかな？　ともかく、**野球《やきゅう》で超重要《ちょうじゅうよう》**だって話《はな》してるのを聞《き》いたんだ」

へろへろになりながら、二人《ふたり》は廃工場《はいこうじょう》に足《あし》を踏《ふ》みいれた。

森《もり》の入《い》り口《ぐち》にもどってくると、おそ松《まつ》が入《い》り口《ぐち》に残《のこ》っていた兄弟《きょうだい》たちに自慢《じまん》げに胸《むね》を張《は》った。

「というわけで、まあ楽勝《らくしょう》って感《かん》じだったよ」

無事《ぶじ》、おそ松《まつ》とトド松《まつ》は工場《こうじょう》の奥《おく》の非常口《ひじょうぐち》を抜《ぬ》けた先《さき》にある小部屋《こべや》で、神棚《かみだな》にお札《ふだ》を奉《ほう》納《のう》してもどったのだ。

まるでタイミングをはかっていたように、急《きゅう》に雲行《くもゆ》きが怪《あや》しくなりだした。湿《しめ》った空気《くうき》が森《もり》に広《ひろ》がる。トド松《まつ》が空《そら》を見上《みあ》げてぽつりとつぶやいた。

「あっ……雨《あめ》だ」

すぐにも本降《ほんぶ》りになりそうな雰囲気《ふんいき》だ。風《かぜ》も強《つよ》く吹《ふ》きはじめた。

送迎《そうげい》のミニバンに乗《の》りこんで窓際《まどぎわ》の席《せき》についた十四松《じゅうしまつ》が、じーっと森《もり》を見《み》つめていた。

「うわあぁ……雨《あめ》も風《かぜ》もフルスイングだね！」

雨粒《あまつぶ》は大《おお》きくなって、すっかり大荒《おおあ》れの天気《てんき》だ。

撤収作業《てっしゅうさぎょう》がはじまり、他《ほか》のスタッフやしかけ人《にん》たちも、メイクや扮装《ふんそう》をしたままおのおの、おそ松《まつ》たちとは別《べつ》のミニバンに乗《の》りこむ。

トド松《まつ》が首《くび》をかしげる。

「あれ？　おかしいな……あんなにたくさんしかけ人《にん》がいたのに、誰《だれ》にも会《あ》わなかったなんて……」

最初《さいしょ》のしかけであるコンニャクの竿《さお》を持《も》った人間《にんげん》も、見当《みあ》たらなかった。回収《かいしゅう》しわすれたのかもしれないが、なんだかトド松《まつ》はもやっとした気持《きも》ちになる。

とはいえ、無事《ぶじ》にもどってこられたのだしこれ以上深《いじょうふか》く考《かんが》えるのはやめようと、トド松《まつ》は思《おも》った。

そして、十四松《じゅうしまつ》のとなりに座《すわ》ってトド松《まつ》は告《つ》げる。

「ありがとうね十四松兄《じゅうしまつにい》さん」

「え？　なにが？」

「ふふふ……なんでもないよ」

「変《へん》なトッティ！」
いつも通《どお》りの本物《ほんもの》の十四松《じゅうしまつ》に、トド松《まつ》は心《こころ》の中《なか》でほっと安心《あんしん》するのだった。

〈奇跡的《きせきてき》に生存《せいぞん》　次《つぎ》のページのエピローグへ〉

エピローグ

後日《ごじつ》──

バイト代《だい》である焼《や》き肉食《にくた》べ放題《ほうだい》の招待券《しょうたいけん》をもらいに、6《む》つ子《ご》が運営委員《うんえいいいん》の事務所《じむしょ》に押《お》しかけたところ、招待券《しょうたいけん》を出《だ》ししぶった主催者《しゅさいしゃ》を縛《しば》りあげていくつかわかったことがあった。

あの森《もり》は〝いわくつき〟だったのだ。

もともと霊《れい》の集《あつ》まりやすい場所《ばしょ》で、不可解《ふかかい》な事故《じこ》も多《おお》く自殺《じさつ》の名所《めいしょ》だったらしい。どこまで本当《ほんとう》かわからないのだが、いくつも噂《うわさ》が立《た》っていた。

真冬《まふゆ》に男《おとこ》に捨《す》てられて森《もり》の奥《おく》にある滝《たき》に身《み》を投《な》げた女《おんな》の話《はなし》があった。身投《みな》げした女《おんな》はそのまま雪女《ゆきおんな》になったという噂《うわさ》だ。

心中《しんじゅう》をした若《わか》い男女《だんじょ》……二人《ふたり》は今《いま》も森《もり》の中《なか》をさまよいながら、迷《まよ》いこんだ人間《にんげん》にイタズラをして楽《たの》しんでいるらしい。

それに、生《い》きたまま埋《う》められた猫《ねこ》の噂《うわさ》もあった。恨《うら》みから人間《にんげん》に取《と》りついて猫人間《ねこにんげん》にしてしまったり、恐《おそ》ろしい目《め》にあわせようと人間《にんげん》を化《ば》かしたり。化《ば》かされた人間《にんげん》はいつの間《ま》にか、手《て》にマタタビを握《にぎ》らされているのだとか。

他《ほか》にも、この森《もり》へと続《つづ》く山道《やまみち》で事故《じこ》を起《お》こし、谷底《たにそこ》に運転《うんてん》していた自動車《じどうしゃ》ごと転落《てんらく》したプロ野球選手《やきゅうせんしゅ》もいたという。無念《むねん》のあまり、野球好《やきゅうず》きの人間《にんげん》の姿《すがた》を借《か》りて化《ば》けて出《で》るのだとか。

事故《じこ》で亡《な》くなったプロ野球選手《やきゅうせんしゅ》はこの町《まち》の出身《しゅっしん》で、子供《こども》のころから少年野球《しょうねんやきゅう》で活躍《かつやく》していたらしい。頭《あたま》も良《よ》く一流大学《いちりゅうだいがく》に一般《いっぱん》入試《にゅうし》で合格《ごうかく》。卒業後《そつぎょうご》にプロ入《い》りした。現役時代《げんえきじだい》はバントの……特《とく》に〝スクイズ〟が得意《とくい》な職人《しょくにん》タイプで、趣味《しゅみ》は意外《いがい》にも仏像彫刻《ぶつぞうちょうこく》だった……とか。

もし、自分《じぶん》とそっくりの人間《にんげん》を見《み》かけたら、正体《しょうたい》は幽霊《ゆうれい》かもしれない。

「「「「そんな呪《のろ》いばっかりの場所《ばしょ》で肝試《きもだめ》しなんてするなーッ!!」」」」

十四松《じゅうしまつ》だけがケロッとした顔《かお》で言《い》う。

「アハハ！　おもしろかったね!!」

こうして、６つ子《むつご》の活躍《かつやく》（？）により、今年《ことし》の肝試《きもだめ》しは無事《ぶじ》、中止《ちゅうし》となったのだった。

〈おわり　67ページの焼《や》き肉編《にくへん》に続《つづ》く〉

集英社みらい文庫

おそ松《まつ》さん
～番外編再《ばんがいへんふたた》び～

赤塚不二夫《あかつかふじお》（『おそ松《まつ》くん』）原作
小倉帆真《おくらほま》 著
おそ松《まつ》さん製作委員会《せいさくいいんかい》 監修

ファンレターのあて先
〒101-8050 東京都千代田区一ツ橋2-5-10 集英社みらい文庫編集部
いただいたお便りは編集部から先生におわたしいたします。

2017年 9月27日 第1刷発行
2019年 5月20日 第3刷発行
発行者 北畠輝幸
発行所 株式会社 集英社
〒101-8050 東京都千代田区一ツ橋2-5-10
電話 編集部 03-3230-6246
読者係 03-3230-6080
販売部 03-3230-6393（書店専用）
http://miraibunko.jp
装丁 +++ 野田由美子 中島由佳理
印刷 図書印刷株式会社 凸版印刷株式会社
製本 図書印刷株式会社

★この作品はフィクションです。実在の人物・団体・事件などにはいっさい関係ありません。
ISBN978-4-08-321395-3 C8293 N.D.C.913 192P 18cm

甘《あま》くてしあわせな記《き》憶《おく》を
あなたにあげる――
第《だい》7回《かい》みらい文《ぶん》庫《こ》大《たい》賞《しょう》 優《ゆう》秀《しゅう》賞《しょう》受《じゅ》賞《しょう》作《さく》!!
2019年《ねん》6月《がつ》28日《にち》発《はつ》売《ばい》!

パティシエ＝ソルシエ

お菓《か》子《し》の魔《ま》法《ほう》はあまくないっ！

白井《しろい》ごはん・作《さく》　行村《ゆきむら》コウ・絵《え》

オレ様《さま》魔《ま》法《ほう》使《つか》いと秘《ひ》密《みつ》のアトリエ

「のえる、約《やく》束《そく》を、
おぼえているか——」

普《ふ》通《つう》の女《おんな》の子《こ》・**のえる**の前《まえ》に
突《とつ》然《ぜん》現《あらわ》れたのはフランスから来《き》た
超《ちょう》絶《ぜつ》イケメンの**チトセ**。
まさか私《わたし》が魔《ま》法《ほう》使《つか》いだなんて!?

きらめくスイーツの
魔《ま》法《ほう》をめしあがれ！

「お前《まえ》はお菓子の《パティシエ＝》
魔法使い《ソルシエ》だ——」

第《だい》5回集英社《かいしゅうえいしゃ》みらい文庫《ぶんこ》大賞《たいしょう》優秀賞《ゆうしゅうしょう》受賞者《じゅしょうしゃ》の、みらい文庫《ぶんこ》デビュー作《さく》!!
この声《こえ》とどけ!
恋《こい》がもつれる夏《なつ》まつり!?
神戸遥真《こうべはるま》・作《さく》
木乃《きの》ひのき・絵《え》
人生《じんせい》初《はつ》の告白《こくはく》は、まさかのあの人《ひと》から――!?

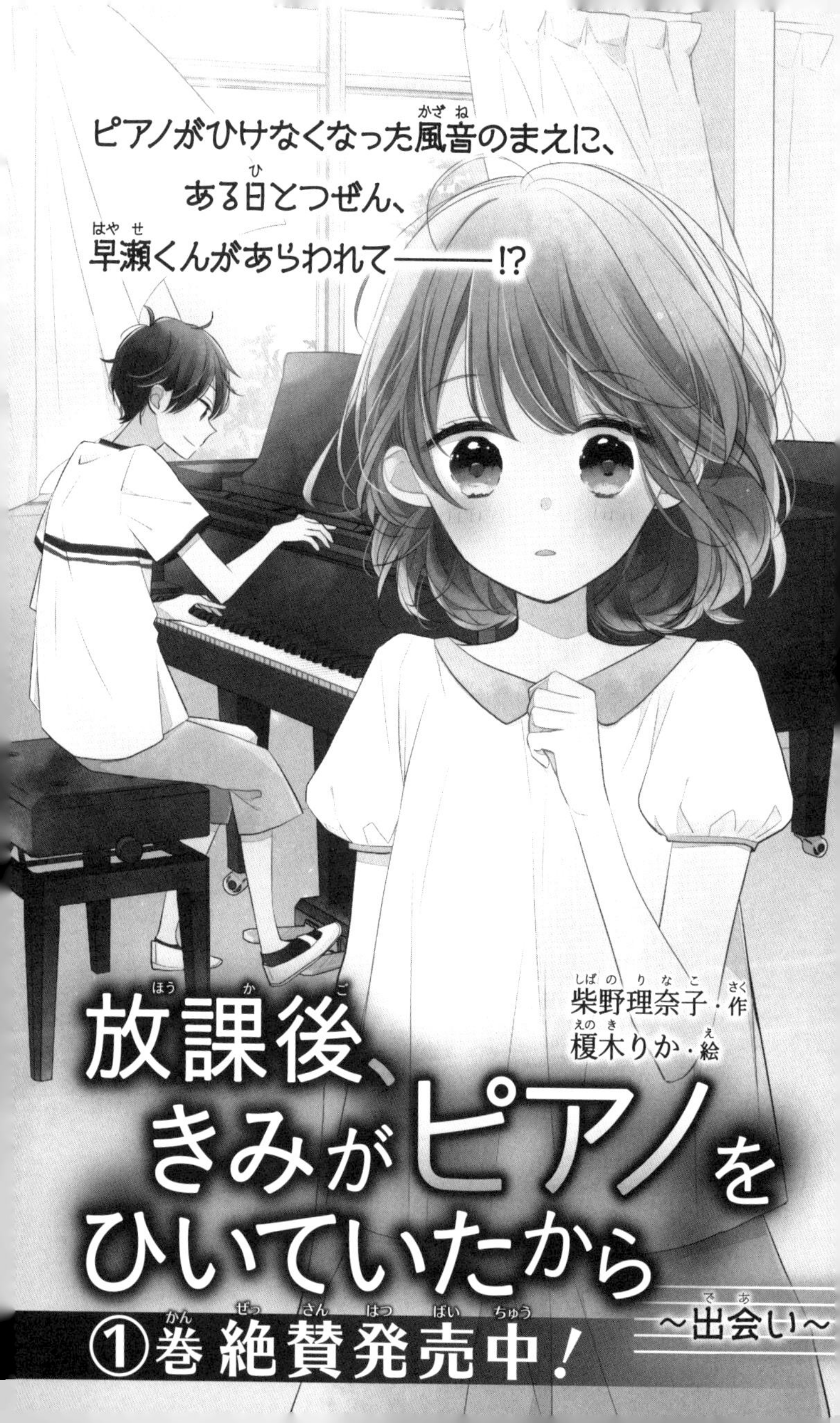
ピアノがひけなくなった風音《かざね》のまえに、
ある日《ひ》とつぜん、
早瀬《はやせ》くんがあらわれて――!?
柴野理奈子《しばのりなこ》・作《さく》
榎木《えのき》りか・絵《え》
放《ほう》課《か》後《ご》、きみがピアノをひいていたから
～出会《であ》い～
①巻《かん》 絶《ぜっ》賛《さん》発《はつ》売《ばい》中《ちゅう》!

キュンとせつない、ピアノ×初恋《はつこい》ストーリー!!

ピアノの音《おと》――?
ある日《ひ》、風音《かざね》(小《しょう》6)が音楽室《おんがくしつ》をのぞくと、
そこには早瀬《はやせ》くんがいた。
「つぎどうぞ」「ううん、わたしはひかないから」
「えっでも……」。
その日《ひ》から話《はなし》をするようになった2人《ふたり》。
あるとき、風音《かざね》は、ピアノがひけなくなった
一年前《いちねんまえ》のできごとをうちあける。
すると、なにも知《し》らないはずの早瀬《はやせ》くんから、
風音《かざね》のピアノが好《す》きだと言《い》われ――!?

「高原《たかはら》さんのピアノ、おれはいいと思《おも》うよ」
「よく言《い》うよ。きいたこともないのに」
「……きいたこと、あるよ」
えっ――?

②巻《かん》は2019年《ねん》6月《がつ》28日《にち》(金《きん》)発売予定《はつばいよてい》

流《なが》れ星《ぼし》のように君《きみ》は

みゆ・作《さく》
市川《いちかわ》ショウ・絵《え》

号泣《ごうきゅう》! ラブロマンス

中《ちゅう》1の杏《あんず》は、中学受験《ちゅうがくじゅけん》に失敗《しっぱい》して、公立《こうりつ》の中学《ちゅうがく》に行《い》くことに。そして、桜《さくら》の舞《ま》い散《ち》る庭《にわ》で出会《であ》ったピアノを弾《ひ》く美少年《びしょうねん》・葉月透《はづきとおる》は、小学校《しょうがっこう》からの片想《かたおも》いの相手《あいて》だった。でも、ふたりには切《せつ》なすぎる運命《うんめい》が待《ま》ちうけていて…!?

おぼえていますか？
桜《さくら》の雨《あめ》が降《ふ》る庭《にわ》で私《わたし》たちが出会《であ》ったことを。
こんなに好《す》きな人《ひと》に出会《であ》ったのは初《はじ》めてだったから
ずっと離《はな》れたくなかったんだよ。
神様神様《かみさまかみさま》、お願《ねが》いです。
あの人《ひと》を死《し》なせないで。
まだ、十二歳《じゅうにさい》だったのに。
何万回何千回《なんまいかいなんぜんかい》だって祈《いの》るから
彼《かれ》とずっと
いっしょに
いさせてください。

集英社みらい文庫
流れ星のように君は
みゆ・作
市川ショウ・絵

青《せい》星《せい》学《がく》園《えん》★チームEYE《アイズ》-Sの事《じ》件《けん》ノート
シリーズ
相《あい》川《かわ》 真《しん》・作《さく》
立《たち》樹《き》まや・絵《え》
「ともだち《チーム》？
それとも、スキ？」
4人《にん》のキラキラな男《おとこ》の子《こ》たちと
事《じ》件《けん》に巻《ま》きこまれて!?
第《だい》2回《かい》集英社《しゅうえいしゃ》
みらい文庫大賞《ぶんこたいしょう》
優秀賞受賞作家《ゆうしゅうしょうじゅしょうさっか》
最新作《さいしんさく》！

第《だい》11弾《だん》

いじめの結末《けつまつ》編《へん》

第《だい》12弾《だん》

家族《かぞく》のうらぎり編《へん》

第《だい》13弾《だん》

不幸《ふこう》を呼《よ》ぶ親友《しんゆう》編《へん》

第《だい》14弾《だん》

死《し》を招《まね》く都市伝説《としでんせつ》編《へん》

第《だい》15弾《だん》

呪《のろ》われた初恋《はつこい》編《へん》

第《だい》16弾《だん》

満《み》たされないココロ編《へん》

第《だい》17弾《だん》

笑顔《えがお》の裏《うら》の本音《ほんね》編《へん》

第《だい》20弾《だん》

いびつな恋愛《れんあい》編《へん》

第《だい》18弾《だん》

ナイモノねだりの報《むく》い編《へん》

第《だい》19弾《だん》

人気者《にんきもの》の正体《しょうたい》編《へん》

第《だい》21弾《だん》

つきまとう黒《くろ》い影《かげ》編《へん》

第《だい》23弾《だん》

災《わざわ》いを生《う》むウワサ編《へん》

第《だい》24弾《だん》

最新刊《さいしんかん》

悪魔《あくま》のいる教室《きょうしつ》編《へん》

第《だい》22弾《だん》

悪意《あくい》にまみれた友《とも》だち編《へん》

「みらい文庫《ぶんこ》」読者《どくしゃ》のみなさんへ

言葉《ことば》を学《まな》ぶ、感性《かんせい》を磨《みが》く、創造力《そうぞうりょく》を育《はぐく》む……、読書《どくしょ》は「人間力《にんげんりょく》」を高《たか》めるために欠《か》かせません。たった一枚《いちまい》のページをめくる向《む》こう側《がわ》に、未知《みち》の世界《せかい》、ドキドキのみらいが無限《むげん》に広《ひろ》がっている。これこそが「本《ほん》」だけが持《も》っているパワーです。

学校《がっこう》の朝《あさ》の読書《どくしょ》に、休《やす》み時間《じかん》に、放課後《ほうかご》に……。いつでも、どこでも、すぐに続《つづ》きを読《よ》みたくなるような、魅力《みりょく》に溢《あふ》れる本《ほん》をたくさん揃《そろ》えていきたい。読書《どくしょ》がくれる、心《こころ》がきらきらしたり胸《むね》がきゅんとする瞬間《しゅんかん》を体験《たいけん》してほしい、楽《たの》しんでほしい。みらいの日本《にほん》、そして世界《せかい》を担《にな》うみなさんが、やがて大人《おとな》になった時《とき》、「読書《どくしょ》の魅力《みりょく》を初《はじ》めて知《し》った本《ほん》」「自分《じぶん》のおこづかいで初《はじ》めて買《か》った一冊《いっさつ》」と思《おも》い出《だ》してくれるような作品《さくひん》を一所懸命《いっしょけんめい》、大切《たいせつ》に創《つく》っていきたい。

そんないっぱいの想《おも》いを込《こ》めながら、作家《さっか》の先生方《せんせいがた》と一緒《いっしょ》に、私《わたし》たちは素敵《すてき》な本作《ほんづく》りを続《つづ》けていきます。「みらい文庫《ぶんこ》」は、無限《むげん》の宇宙《うちゅう》に浮《う》かぶ星《ほし》のように、夢《ゆめ》をたたえ輝《かがや》きながら、次々《つぎつぎ》と新《あたら》しく生《う》まれ続《つづ》けます。

本《ほん》を持《も》つ、その手《て》の中《なか》に、ドキドキするみらい――。

本《ほん》の宇宙《うちゅう》から、自分《じぶん》だけの健《すこ》やかな空想力《くうそうりょく》を育《そだ》て、〝みらいの星《ほし》〟をたくさん見《み》つけてください。

そして、大切《たいせつ》なこと、大切《たいせつ》な人《ひと》をきちんと守《まも》る、強《つよ》くて、やさしい大人《おとな》になってくれることを心《こころ》から願《ねが》っています。

2011年《ねん》　春《はる》

集英社《しゅうえいしゃ》みらい文庫編集部《ぶんこへんしゅうぶ》